Agatha Mistery

小侦探阿加莎

圣彼得堡天才学生失踪案

[意] 史蒂夫·史蒂文森 著 杨苏华

上海译文出版社

图字：09－2024－0600 号

图书在版编目（CIP）数据

圣彼得堡天才学生失踪案 /（意）史蒂夫·史蒂文森（Sir Steve Stevenson）著；杨苏华译. -- 上海：上海译文出版社，2025. 8. --（小侦探阿加莎）. -- ISBN 978－7－5327－9910－7

Ⅰ. I546.84

中国国家版本馆 CIP 数据核字第 2025CQ5012 号

圣彼得堡天才学生失踪案 OMBRE SUL NOBEL

［意］史蒂夫·史蒂文森 著 ［意］斯特凡诺·图尔科尼 绘 杨苏华 译

选题策划 张 顺
责任编辑 朱昕蔚 王宇晴
封面设计 张擎天

上海译文出版社有限公司出版、发行
网址：www.yiwen.com.cn
201101 上海市闵行区号景路 159 弄 B 座
常熟市文化印刷有限公司印刷

开本 890 × 1240 1/32 印张 4.5 字数 35,000
2025 年 8 月第 1 版 2025 年 8 月第 1 次印刷
印数：0,001—6,200 册

ISBN 978－7－5327－9910－7
定价：35.00 元

任务

参与者

阿加莎

十二岁，梦想成为一名侦探小说家，拥有惊人的记忆力。

拉里

捣蛋鬼学生，就读于著名的“侦探眼”学校。

肯特先生

前拳击手，无可挑剔的英式管家。

沃森

顽皮的西伯利亚猫，
嗅觉如猎犬般敏锐。

巴克叔叔

身材矮胖，在著名的“天才学院”
教授“横向思维策略”课程。

目的地

俄罗斯——圣彼得堡

目标

飞往俄罗斯圣彼得堡，

查明“天才学院”突然失踪的高材生

维克多·沙利莫夫的下落。

目录

任务开始

时值初夏，天气晴好。位于伦敦郊区的米斯特里之家是一座维多利亚式风格的古老豪宅，有着蓝色的屋顶。微风轻轻拂过米斯特里之家的花园，调皮地撩起了客厅的窗帘，玻璃窗后露出了拉里·米斯特里那张惊恐的脸。这位来自“侦探眼”学校的年轻学员看起来简直要崩溃了。

“冷静点儿，亲爱的拉里，”堂妹阿加莎鼓励他，“快坐下来，跟我说说到底发生了什么事。”

男孩又瞥了一眼小路尽头的栅栏门，然后一个箭步冲向了旁边的大马士革沙发——他并没有坐上去，而是抓起靠垫把自己挡了起来。

“她的名字叫莱拉，她现在坚信这是命运的安排！”

拉里从靠垫后探出脑袋倾诉道，“我们是在一个朋友的聚会上认识的。周六早上我在摄政花园又碰到了她。紧接着，几天后在百货商场，后来又在苏活区的甜甜圈小摊前……天呐，她真的无处不在！”

阿加莎忍不住笑了起来："她不会是在跟踪你吧?"

拉里摇了摇头："我当然能分辨出别人是否在跟踪我，我们在'侦探眼'的第一课学的就是这个!"

"那看来真的是命运的安排了。"阿加莎耸耸肩总结道。这时，米斯特里家万能的管家肯特先生端来了新一轮的茶水和茶点。

沃森——那只通体雪白的西伯利亚猫——正懒洋洋地躺在壁炉旁。听到动静后，它睁开一只眼，想瞧瞧有没有什么好吃的，然后又百无聊赖地闭上了眼睛。

"现在的情况真是糟透了，阿加莎，"拉里抱怨道，"我一周内碰到了她六次！如果再来一次，她肯定会认为我们是天生一对了!"

阿加莎嚼着黄油饼干，努力憋住不让自己笑出来。

"她人怎么样?"阿加莎问道。

"呃……挺好的。"拉里回答道，"幽默、有礼貌、可爱、温柔!"

"那你为什么紧张成这样?"

“我……我也不知道，巧合太多了，多得让我心神不宁。我现在甚至连门都不敢出了……”

拉里这句话仿佛有什么魔力，就在这一刻，他口袋里的“眼线宝”突然响了起来。这是他就读的侦探学校配发给每位侦探的钛合金小装置。

“这正是我想要的！”躲在靠垫后面的男孩激动地叫了起来，“一个新任务！最好是去国外，可以远离伦敦的那种！”

拉里掏出“眼线宝”，只见那极具现代科技感的屏幕上显示出一条信息：

目的地：圣彼得堡

调查对象：天才学院的学生维克多·沙利莫夫神秘失踪一案

报告来源：匿名

重要提示：该学生的母亲萨拉·沙利莫夫即将获得诺贝尔化学奖。请注意，LM14，行动时务必谨慎。这关系到诺贝尔奖的声誉和我们机构的名声！

拉里像弹簧一样从靠垫后面蹦了出来。“太棒了，我们要飞往俄罗斯了！”他兴奋地大嚷着。

阿加莎瞄了一眼“眼线宝”上的画像，立即陷入了沉思。“一个男孩失踪了，而且报案人不明……等于一个案子里同时有两个谜团。”她一边摸着自己的小翘鼻，一边小声嘀咕着。作为一名有抱负的侦探小说家，此时她的脑海里已经涌现出无数假设。她太喜欢这种一开始就错综复杂的故事了。她一边默默地在房间里踱来踱去，一边在她那著名的“记忆匣子”里翻找着，试图回想起她那些遍布世界各地的千奇百怪的家族成员里是否有哪位是住在圣彼得堡的。随后，她翻开了米斯特里家族的家谱，并将它跟自己笔记本上的笔记进行了交叉对比。

“找到了！”她满意地宣布，“巴克叔叔正好在天才学院教授‘横向思维策略’课。多么幸运的巧合呀！”

拉里吃惊地瞪大了眼睛：“那是什么课啊？”

“二加二等于多少？”阿加莎冷不丁地问道。

“这算什么问题……当然是四啊！”

“但是两个鸡蛋加两个鸡蛋却等于一个蛋饼，不是吗？”阿加莎反问道。

“呃……确实没错……可这都是什么啊！”

“横向思维就是帮助你打破常规思维，学会从不同的角度看问题。”她接着说，“那你再猜这个：五个人躲在同一把伞下，但没有一个人被淋湿。为什么？”

拉里绞尽脑汁想了一会儿，最后还是投降了。

“因为他们躲的是太阳而不是雨，对吗，阿加莎小姐？”肯特先生一边收拾餐桌一边猜测道。

“完全正确！”阿加莎鼓着掌说，“我已经迫不及待想见到巴克叔叔了，这所天才学院肯定是个不可思议的地方！”

从这一刻起，他们便开始行动了。

拉里负责在网上搜集关于天才学院的信息，发现这所学校汇集了来自许多国家的天才少年。

与此同时，阿加莎则开始快速地翻阅散落在壁炉周围的报纸和杂志："我就记得之前在哪儿看到过这个名字。看，这就是我要找的那篇文章。"

"我可否问一下这篇文章讲的是什么？"肯特先生说。

"讲的是将要颁发给维克多母亲的诺贝尔奖。"

萨拉·沙利莫夫之前就凭借在真菌研究领域所取得的前沿成就而声名远播。而她最新的研究成果不仅刊登在了诸多论文中，更是为她赢得了全世界最负盛名的奖项。

"很久以来，大家都知道真菌是通过一种叫做'菌丝体'的地下网络连接在一起的。"阿加莎解释道，"众多真菌形成了庞大的信息网络，数以亿计的信息流动其中。萨拉·沙利莫夫发现了一种可以解读这些信息的方法，也就是著名的'真菌方程'。"

拉里和肯特先生听得一头雾水，只能疑惑地看着她。

“哦，没关系，那是超专业的研究了，”她笑着说，“我们还是赶紧准备行李吧。”

很快，行李收拾妥当，沃森也舒舒服服地躺进了它的旅行猫笼里，一行人离开别墅踏上了新的旅程。

出租车已经等在了路边。然而，正准备上车时，拉里突然听见有人正从后面喊他的名字。

“拉里！难以置信！”

那是一个留着一头蓬松的红发、眼睛蓝得像大海一样的女孩。

“莱——莱拉！真是巧啊！”拉里结结巴巴地说。

女孩的眼中闪烁起了光芒：“哦，绝对不只是巧合。这一周我们已经碰到七次了。我都数着呢，你相信吗？”

拉里退后了一步：“我……我也是！”

莱拉笑得更灿烂了。

阿加莎朝女孩伸出手：“你好，我是拉里的堂妹阿加莎。拉里经常跟我提起你……”

拉里狠狠瞪了阿加莎一眼，然后朝女孩挥了挥手：“对！很高兴在这里见到你，不过我们得出发了！下次再见！”

“肯定很快就会再见的……”莱拉低声说，“你们要去哪儿呢？”

“去很远的地方！”拉里说着便飞快地钻进了出租车

的后座。

莱拉叹了口气：“真棒，我也快要去旅行了。不过，也许命运会再次让我们相遇。”

“确实，这谁能知道呢？”阿加莎点头回应道，“如果命运有意而为之，它真的可以浪漫到不可思议。”

“我们能走了吗?”拉里在出租车里大声嚷道。

车子启动后，阿加莎打开一本从米斯特里之家的图书馆里找到的旧版圣彼得堡旅行指南，津津有味地读了起来。她感到兴奋不已，因为不久之后他们就会登上飞机，飞往**沙皇彼得大帝之城**——一颗属于北半球的明珠。

沙皇彼得大帝之城

沙皇彼得大帝之城即圣彼得堡，是俄罗斯的第二大城市。1703年，彼得大帝为了俄罗斯的崛起，决定在涅瓦河口建立一座新的城市。他亲自主持城市规划设计，引进欧洲的建筑风格和技术，将圣彼得堡打造成一座充满现代气息的“欧洲之窗”。如今，这座城市已成为俄罗斯的文化和艺术中心之一。

第一章

非同寻常的学校

从飞机上俯瞰圣彼得堡时，阿加莎不禁屏住了呼吸。贯穿整座城市的**涅瓦河**，像一条深色的蟒蛇流过城市的心脏，其他的几条大运河则蜿蜒绕过一座座房屋和宫殿。运河上的桥梁数不胜数，河面上漂浮着星星点点的游船，两岸古老的金色圆顶和摩登大楼的玻璃交相辉映，游船悠悠地驶过，像穿行在画中似的。

“这里美极了，不是吗？”阿加莎感叹道。肯特先生点了点头。但是拉里并没有回应——他正在呼呼大睡，

涅瓦河

涅瓦河贯穿圣彼得堡市区，注入波罗的海，是俄罗斯西北部的重要河流，既是城市的生命线，也是交通要道。两岸分布着冬宫、海军部大厦等历史建筑，河上的桥梁和运河构成独特水上交通网络，使圣彼得堡被誉为“北方威尼斯”。

活像一只睡鼠。

“看，是彼得保罗要塞！那座建筑应该就是**冬宫**，世界上最有名的博物馆之一……里面藏有拉斐尔、卡拉瓦乔以及伦勃朗的画作，还有著名的**孔雀钟**！”

“那是什么，小姐？”肯特先生好奇地问。

阿加莎找出旅行指南里的一张插图展示给他看，图中是三只金光闪闪的金属鸟——一只猫头鹰、一只巨大的孔雀和一只公鸡。

冬宫和孔雀钟

冬宫是圣彼得堡的标志性建筑，曾为沙皇宫殿，现为艾尔米塔什博物馆所在地。它以宏伟的建筑和丰富的藏品闻名，涵盖从古埃及到现代的珍品。其中，孔雀钟是镇馆之宝，由英国珠宝匠詹姆斯·考克斯设计，俄罗斯工匠伊万·库里宾修复，可模拟孔雀开屏、公鸡打鸣等场景，彰显 18 世纪机械工艺的卓越水平。

“这是一七〇〇年左右的一台自动定时装置。每到整点时，猫头鹰会眨眼并转动头部，同时伴随着一串铃声；孔雀会抬头和开屏，一边旋转，一边展示它漂亮的尾巴；公鸡则会喔喔地鸣叫！真希望能亲眼看到这神奇的一幕！”

“或许那座钟连你堂哥也能叫醒……”

阿加莎咯咯地笑了起来：“我并不这么认为。叫醒拉里可不容易，除非……醒醒！开始办案了！”

听到这个命令，拉里猛然起身，他瞪大眼睛，惊恐地望向窗外。

“别怕，她不在这儿。”阿加莎安慰他说。

机场的到达大厅里，巴克叔叔已经在等候他们了。他身材矮壮，戴着大圆框眼镜，几乎没什么头发，手里举着一块牌子，上面写着“米斯特里”。

阿加莎在出发前就跟他取得了联系。

握手和拥抱之后，巴克叔叔心领神会地对他的小侄子和小侄女说：“我不问你们为什么来这里，有什么需要我帮忙的直说就好。我随时为你们效劳！”

“我们需要潜入你工作的学校，巴克叔叔，”拉里小声回答道，“而且最好是以从国外来天才学院参加实习的学生身份。”

巴克点了点头：“可以安排。事实上，学校一直在接收很多来访者；作为导师，我们也可以自己选择要推荐哪些学生来交流。当然了，你们得特别精通某一个领域。”

“或者至少看起来特别精通……”他眨了眨眼补充道，“来，跟我说说你们的兴趣爱好吧！”

“呃……怎么说呢？我特别喜欢玩电子游戏……”

拉里略显尴尬地回答。

巴克笑着说："好！天才学院里开设的课程名字都有点……抽象。爱玩电子游戏，所以你是……'娱乐领域应用电子信息技术专家'！那你呢，阿加莎?"

"我一直想成为一名侦探小说作家……"

"那你就是'情节科学与文学创作机制研究员'!"

阿加莎满意地点了点头。

"肯特先生将是你们的教授兼陪同人员，而这只猫……"巴克困惑地摸了摸下巴。

"喵!"沃森应景地叫了一声。

巴克忍不住大笑起来："好好好！随便你是什么都行!"

来到学校时，阿加莎简直惊呆了。她本以为自己会看到一座古老而严肃的大楼。事实上，主建筑确实够古老，至少可以追溯到一个世纪前：一面醒目的鲜红色外墙，上面装着巨大的窗子；入口处，深色的木质双开门紧闭着，两侧装饰着两根高大的白色立柱。然而，建筑的左右两侧的大楼却都新潮得很，通体覆盖着玻璃幕墙。

许多学生坐在大楼周围的草地上，或独自一人，或三五成群，有的坐在树荫下，有的则享受着阳光。

“现在是下课时间吗?”拉里问。他看到旁边有十几个学生围坐成一个圈，每个人看上去都昏昏欲睡。

巴克摇了摇头:“没有，现在正是上课时间。这个课程的名字叫做‘发明创造前置放松’，教授的是如何在全力投入新项目之前放空头脑，那边的学生正在上‘纳米结构’，坐在门口的那些上的是‘航天飞行任务监测与自动化’……”

“那边玩沙子的呢?”阿加莎吃惊地问道。她看到三个男孩手拿铲子和水桶，正忙着建造一座城堡。

“他们在研究‘建筑科学’，更准确地说，他们正在设计一座可以根据居住者需求而不断成长的建筑。”巴克回答道，“我猜你们可能会觉得这里的一切都很……不同寻常。这所学校最特别的地方就是这些看起来很不正式的课程，当然，这里是有教室的，但学生和导师都可以自由选择上课的时间和地点。重要的是把项目完成，时间、地点和方式这些都无所谓。”

拉里摆出一副完全听明白了的样子，指着正在喷泉旁边激烈打水仗的两个男孩说：“很显然，这两个学生……让我猜猜看……是在研究液压系统!”

“并不是，”巴克笑着回答道，“他们只是在玩而已。这里也有很多可以玩的东西！学校里有一个不错的健身房，后面还有一个恒温泳池。”

话音未落，铃声响了起来。

“这一定是下课铃吧!”拉里自信满满地说。

巴克遗憾地摊了摊手：“实际上，这个铃声是可以更换项目组的信号。比如你刚才在研究‘可生物降解塑料’，现在你可以换到‘高分辨率传感器’小组了。这里的宗旨只有一个，那就是合作，大家都可以交流想法，互提建议。”

“真是太棒了……”阿加莎赞叹道。

“这一切都要归功于校长索罗金。走，我带你们去见见他。”

说完，巴克便带着他们走进了主楼。大楼内部豪华而优雅，宽敞的走廊上装饰着精美的雕花，搭配着充满现代设计感的家具。地板一尘不染，窗边的植物枝繁叶茂。到处都有学生的身影，他们或窝在舒服的扶手椅里，或在窗边席地而坐。有的在读书，有的在写写画画，有的在敲打着笔记本键盘……

校长办公室的门敞开着。阿加莎好奇地四处打量：整个房间都是明亮的白色，墙边放着一排书柜，里面整整齐齐地摆满了文件。和学校的其他地方一样，这间办公室同样也融合了现代的物件和古老的元素。沃森跑到了一个老式壁炉前，虽然壁炉没开，但它仍然在一只盛放着木柴、旧报纸和废纸的篮筐旁找到了一个自己喜欢的角落。它伸了个懒腰，打了个哈欠，心满意足地蜷缩了起来。

校长又高又壮，留着浓密的红色八字胡。看到有人来访，他“刺啦”一声把椅子推开，猛然从桌前站了起来。

“哦，新学生来了！巴克已经跟我说过了……很高兴见到你们，我是斯坦尼斯瓦夫·索罗金！”他边说边朝他们走去，随后，他热情地拥抱了阿加莎和拉里，但他的力气稍微大了点儿，以至于拉里抽身时痛得龇牙咧嘴。

校长似乎没想到他的欢迎仪式会产生这样的效果，旁边的巴克则忍不住笑了起来：“我忘了告诉你们了……斯坦尼斯瓦夫是一个精力充沛、热情外向的人。”

校长跟肯特先生打了个招呼，还轻轻摸了摸沃森的下巴。

“欢迎欢迎！巴克跟你们介绍过学校的情况了吗?”

“介绍过了……我们都羡慕极了！”阿加莎回答道，“我觉得这里的教学方法……太天才了，就像这里的学生一样！这所学校简直太完美了。我们非常高兴有机会

来到这里。”

索罗金的眼睛里闪烁起了光芒：“学校是我的生命。这些孩子就像我自己的孩子一样。你们的房间安排好了吗？”

“一〇四号房间是空着的。我等会儿亲自送他们过去。”巴克说。

“太好了！”校长脸上露出满意的微笑，“我希望你们从这一刻起就开始享受天才学院的氛围。我敢肯定，用不了几天，你们就会在这里找到家的感觉。你们会遇到来自世界各地的学生，他们有的是数学迷，有的热爱航天学或市场营销，还有科学家、艺术家和发明家。哦，对了，你们知道吗？我们这儿还有个孩子是诺贝尔奖得主的儿子，他叫维克多·沙利莫夫，也非常有前途！”

拉里和阿加莎迅速对视了一下，他们都捕捉到了一个关键信息：校长看起来还不知道维克多失踪的事。不过这也不足为奇，毕竟这里所有人都在随心所欲地忙自己的事。

“如果能遇到他那真是太好了……”阿加莎说，“不过在天才学院找人肯定如同大海捞针，毕竟这里到处都是学生！”

“我跟学生们首次见面时告诉他们的第一句话就是：自由活动，自由创造。”索罗金笑着回答，“快去吧，去合作，去探索，去提问；如果需要帮助，记得，我的办公室永远都是向你们敞开的——还有教室、厨房、实验室……这里的一切在任何时候都保持开放。”

走出校长办公室后，巴克也向他们证实了索罗金的话：“他说的没错，现在整座学校都是你们的了。不过我得先离开一会儿，我的课马上就要开始了。”

“两只鸡蛋加两只鸡蛋等于一个蛋饼！”拉里眉飞色舞地喊道，仿佛在显示他非常清楚巴克的课讲的是什么，所谓横向思维，就是出其不意，从不同的角度看待问题。

然而巴克却挑了挑眉毛，反问道：“你是在委婉地告诉我你饿了吗?”

说完，他环视四周，朝旁边的一个男孩挥了挥手。

“卡洛，能耽误你一分钟吗?”

男孩立刻朝他们走了过来：“当然可以，米斯特里教授！您需要我做点儿什么呢?”

“你能带这几位客人去食堂吗？他们刚来，还不太认识路……”

“我很乐意效劳!”

肯特先生没有一起跟着去食堂，他想回去收拾一下行李，然后慢悠悠地到处逛逛。

卡洛来自意大利，是个能说会道的小伙子。他来天才学院一年多了。事实上，带新同学去吃东西这件事，他的确是最佳人员。

“我的研究方向其实就是烹饪，”他一边带路，一边自我介绍道，“准确地说叫‘烹饪应用科学’。我和我的团队负责监控食物在烹饪过程中所发生的化学反应，以及尝试新的烹饪技术……”

“真有意思！”阿加莎感叹道，“比如说有什么技术？”

“嗯，你们喜欢吃意大利面吗？”他兴高采烈地问。

“当然！”阿加莎和拉里齐声回答道。

“那你们知道意大利面其实只用几秒钟就能煮熟吗？先把面放在冷水里浸泡几个小时，让它吸足水分。然后把泡软的面放入平底锅中，加入你们喜欢的酱汁搅拌一下就可以了。这么做不仅简单，而且还很环保，因为可以省下烧水所需要的煤气！”

拉里没敢问这样做出来的意大利面好不好吃，但阿加莎觉得卡洛的这个建议很有意思。

“太有才了！”她赞叹道，“这地方到处都涌动着新奇的创意！”

意大利男孩点点头：“确实是这样。这里的一切都是为催生伟大的创意而设计的。校长的座右铭就是……”

“自由活动，自由创造！”阿加莎抢着回答道，“对了，你知道维克多·沙利莫夫在不在学校吗？”

“我最近都没怎么看到他，”卡洛说，“不过我想他应该在忙吧。你们应该也听说了，他妈妈萨拉马上就要去领取诺贝尔化学奖了。索罗金为此激动极了！毕竟学生中出现世界著名的女科学家的儿子，这可不是每天都能发生的事。至于维克多，他肯定要跟妈妈一起见证珍贵的领奖时刻。”

“也许是这样吧……”阿加莎一边喃喃自语，一边摸了摸自己的小翘鼻，每次认真思考时，她总会做这个动作。

卡洛加快了脚步，同时也招呼两位新朋友跟上他的步伐：“快来，食堂就在走廊尽头。今天给大家准备的应该是**皮罗什基**……从它入手来了解当地美食是一个很好的选择！”

皮罗什基

皮罗什基是俄罗斯的传统面点，类似于中国的包子。它通常用面团包裹着各种馅料，如肉馅、奶酪、土豆泥或水果等，然后烘烤而成。皮罗什基口感酥软，馅料丰富多样，是俄罗斯人喜爱的街头小吃之一。

第二章

秘密信息

陪阿加莎和拉里去食堂的路上，卡洛向他们讲述了自己的身世。他出生于意大利那不勒斯，父母经营着一家面朝大海的餐厅。他之所以决定来天才学院学习，是希望将来能做出新式的创意菜，从而接管家族的事业。

学校主楼两侧各有一座新式大楼，食堂就设置在其中一座楼里。这里空间开阔，天花板和墙壁全是玻璃的，阳光透过玻璃洒在五颜六色的椅子上，漂亮极了。

“不过……食堂这个时间还营业吗？”阿加莎好奇

地问。

卡洛耸了耸肩："为什么不营业？学生们随时都可能会饿啊……你们大概已经了解了，我们每天都过得非常充实。一刻不停地学习、想象和发明创造，很容易让人感到饥饿！所以这里的厨师都要随时待命。"

"哇，这一点还真不错！"拉里评论道，"我都想收拾东西搬到这里来了！"他开玩笑说。事实上，他在走廊里已经闻到了诱人的香味，肚子也开始咕咕直叫，"你刚才提到了一种美食，名字怪里怪气的……"

"没错，皮罗什基！"卡洛说，"有人认为这种食物是由马可·波罗从中国带回来的！我同事应该刚烤出来一些。"

此时，拉里脸色骤变，忽然停了下来，还本能地向后退了一步：原来，他看到了站在柜台后面的一个女孩的背影——一个红头发的女孩。

拉里惊慌失措地瞪大了眼睛。"这……这……这不可能！"他吓得连话都不会说了。

阿加莎不解地看着他，随后忍不住大笑起来：“你的意思是，你的真命天女来找你了？我觉得不太可能……不过我们马上就能揭晓答案啦！”

“詹妮弗，麻烦来三人份的皮罗什基，谢谢你！”卡洛说。

女孩转过了头——不是莱拉。拉里松了一口气，还好只是虚惊一场。

詹妮弗用一只浅色的木质托盘端来了传说中的皮罗什基，看上去非常美味。

“你们是刚来的吗？请慢用吧！”女孩说，“要做好破解谜团的准备哦……”

阿加莎和拉里惊愕地对视了一下。这个女孩难道知道些什么?

“事实上，每个皮罗什基本身都是一个谜，”卡洛解释道，“虽然皮都是用面粉、酵母和牛奶做的，但是里面的馅料却各不相同。你们可能会吃到鸡蛋馅的、苹果馅的、肉馅的或者其他的什么馅。吃皮罗什基有点像……开盲盒。而且这里的厨师创作起来更随心所欲一些。所有皮罗什基从外面看都一样，所以非常有悬念。”

然而，拉里已经没有任何心情玩这种充满惊喜的把戏了。虽然夹到了一个鸡蛋馅儿的“酥皮点心”，但是他还是想跟阿加莎交换，因为他觉得阿加莎的苹果馅儿看起来更令人安心一些。

厨房是开放式的，阿加莎边吃边看着学生们在里面忙碌。这里跟普通的厨房一样，有锅碗瓢盆，有开着火的灶台、抽油烟机和一团团蒸汽，但同时也有温度计、带刻度的器皿和做化学实验用的容器。

这些皮罗什基虽然可能只是一些试验品，但味道相当不错，以至于拉里吃着吃着便放松了警惕，不知不觉干掉了一大半。更准确地说，托盘里现在只剩最后一个了。

卡洛起身去拿饮料，阿加莎则目不转睛地盯着他。

她看到男孩拿起三瓶饮料，并借机向詹妮弗打听维克多的消息。

“我已经有些日子没看到他了。”詹妮弗说。

阿加莎凑到拉里耳边小声说：“很显然，这里还没有人发现维克多失踪的事情。这对我们来说或许是有利的。现在消息传开了，大家就会开始四处找他。”

拉里没有回话，因为他刚把最后一只皮罗什基塞进嘴里——还是整个塞进去的。

“这样不会很危险吗？”阿加莎问，“里面万一全是辣椒怎么办？”

这时候，卡洛回到了桌前：“我拿了橙汁，希望你们都能喝得惯。拉里，你还好吗？”

这位未来的侦探嘴巴塞得鼓鼓的，根本说不出话。

“他刚把一只皮罗什基放进嘴里。现在他不敢嚼了，因为不知道会吃出什么馅儿！”阿加莎调皮地冲着卡洛眨了眨眼睛。

意大利小伙子听完捧腹大笑：“勇敢点儿，拉里！詹妮弗不会轻易搞恶作剧的……一般来说。”

拉里闭上眼睛，硬着头皮咬了下去……他发现这只皮罗什基里面居然塞了满满的、味道极其浓郁的大蒜泥！

“让我猜猜看！”看着拉里那狰狞的表情，阿加莎忍不住拿他打趣。

“你还是不要知道谜底比较好！”拉里咬着牙说。

走出食堂后，卡洛主动提出可以送他们回房间。

“你们被安排到了哪个房间？”他问道。

“一〇四号！”阿加莎回答说。

“那就是东边楼。你们可真是幸运……天文学小组的宿舍也在那边！”

“我的老天爷！”拉里突然激动起来，“你的意思是说我们有被袭击的风险吗？”

卡洛被这个古怪的伦敦男孩逗得越来越开心了，“别担心，拉里！”他安慰拉里说，“我的意思是，那些学生夜里几乎从来不睡觉。他们有时候会带着望远镜在外面的草坪上守一整夜。如果你们运气不好，也许会碰到他们在房间里连续几个小时不停地讨论变星、等离子体和暗物质，这种情况下你们很可能会休息不好。”

“你怎么知道得这么详细？”拉里吃惊地问。

“很简单啊，因为以前我也住过东边楼。”他解释道，“但后来我申请换到别的地方去了。”

他们三个穿过主楼，来到了几条长长的走廊前。沃森紧紧地跟在后面。这里是其中一个学生宿舍区，所有的房间都编了号。经过七十七号房间门口时，卡洛犹豫了一下，然后敲了敲门。房间里没有动静，过了一会儿，他的手机响了。

“我马上来！”他对电话里的人说。随后，他挂掉电话，跟他的新朋友们说：“不好意思，朋友们，我得去参加‘建筑科学’小组的活动了，他们需要我针对耐火砖的烧制提出一些建议。”

阿加莎并不觉得惊讶:“巴克叔叔前面已经跟我们解释过了，你们可以自由地在各个小组之间切换。祝你研究顺利!”

“回头见!你们的房间就在旁边的走廊。前面右转就到了。我不会去太久的，如果你们愿意，今天或者明天我可以带你们好好参观一下学校!”卡洛挥了挥手，匆忙跑开了。

阿加莎朝着卡洛指示的方向走去，然而，等男孩消失在视线中时，她立刻停下脚步，抓住了拉里的手臂。

“你想去哪儿，拉里?”

“回房间啊。我得回去刷牙，大蒜的味道快把我熏死了……”他哼哼唧唧地抱怨道。

“我反倒觉得我们应该先去刚才卡洛敲门的那个房间看看。”

“你想想看，拉里，”阿加莎的表情越发严肃起来，“当我问他是否见过维克多时，他突然意识到他朋友已经好久没出现了，于是才在路过维克多的房间时敲了那扇门，看看他是不是在里面。”

“有可能。但也有可能只是某位和他一起做饭的朋友的房间。”拉里嘟哝道，他这会儿迫不及待地只想去刷牙，在食堂吞下的最后一只皮罗什基可把他折磨得够呛。

“不过既然所有的门都是开着的，看看也无妨，对吧?”阿加莎已经下定了决心。说着，她翻了翻口袋，掏出一颗糖果。

“给你，薄荷味的。能帮你去去口气。”

“谢谢……”男孩理了理他乌黑的头发，稍微放松了一些。

走廊里此刻空无一人。阿加莎透过玻璃窗向外望去，看见卡洛正穿过草地，朝那群玩沙子的学生奔去。

“安全了……”她小声说。

吱呀一声，他们推开了七十七号房间的门。房间里只有一扇窗，窗帘还几乎完全放了下来，所以看上去一片昏暗。

阿加莎环顾四周。

“是**大黄**口味的……”拉里满脸厌恶地嘟囔道。

大黄

大黄是一种多年生草本植物，其根茎在传统医学中被广泛使用。在俄罗斯，大黄不仅是一种常见的药用植物，还被用于烹饪。大黄的酸味可以为菜肴增添独特的风味，常被用来制作果酱、果汁或甜品。

“什么?”阿加莎不解地看着他。

“你给我的糖！是大黄味的，不是薄荷味的！”

阿加莎无奈地摇了摇头。她虽然很喜欢拉里，但是她这位堂哥在让人分心方面真的能力惊人。

“拉里，集中注意力！”阿加莎斥责道。此时，她的目光落到了一张装裱起来的照片上。那是维克多和他妈妈的合影。科学家萨拉正坐在书桌前工作，儿子维克多站在她的身后。旁边的一张照片上是维克多和一位老人，大概是他爷爷。墙上还挂着一张芭蕾舞者的照片，底部的署名是“V.B.”。画面里的女孩一头黑发，眼神坚定，看起来非常漂亮。照片旁边摆着一摞书、一台没开机的电脑，还有一副棒球手套。

阿加莎沉思了一会儿。之后，她的目光先是扫过了旁边的一盏不锈钢 LED 灯，然后又落到了旁边一个古朴的木质小柜子上，柜子十分典雅，上面还有被虫蛀蚀的痕迹。

“真有意思……这里跟天才学院的其他地方一样，虽然现代感十足，但总有些许古老的味道。”

“你指的是那个俄罗斯套娃吗?”拉里问道,“它看起来确实有点格格不入。”

摆在书桌上的那只套娃十分小巧，形状像一只鸡蛋，一个手掌就能放得下。跟所有的俄罗斯套娃一样，它的表面也经过了精心绘制：画的是一个手捧鲜花的金发女孩，脸颊红红的，嘴巴小得像颗樱桃。

阿加莎脑海中忽然灵光一闪：“我的天啊！俄罗斯套娃——这不正是隐藏线索的绝佳地方嘛!”

套娃都是可以打开的，轻拧头部就能一分为二。然后里面又藏着一个更小的娃娃，再打开，里面还有一个，一层层嵌套下去。

拉里开了一个又一个，兴奋极了。

“我打赌，最后一个里面肯定藏着什么有趣的东西。也许是一张纸条，一把钥匙，或者……”

结果什么也没有。只有从大到小五个长得一样的娃娃，没有任何线索。拉里失望地皱起了眉头。

“横向思维，换个思路……”阿加莎冲他眨了眨眼，同时拿起最大的娃娃的两个部分仔细观察，“也许线索不在你期望的地方，而是……”

她把套娃翻转过来，发现底部有一行字——原来线索就藏在套娃的底部，贴近桌子上的那一侧。

“‘薇拉，我喜欢你。我可能会消失一段时间，但是……’”阿加莎大声读了出来，“拉里，快看看其他娃娃的底部！”

“‘……在严寒老人到来之前，我们还会回去一起跳舞的！’”其他娃娃底部，果然发现了可以接续的文字。

阿加莎把娃娃依次排在桌子上，按顺序拼凑出了一整段话。“‘我会消失一段时间’……这是一个很关键的信息。这意味着维克托并没有被绑架。所以现在问题变成了：他为什么要消失?”

“会不会跟这个严寒老人有关……”拉里猜测道。

阿加莎疑惑地皱起了眉头：“严寒老人就是俄罗斯的圣诞老人，他是冬天的化身。”

“那就是说维克托会在圣诞节前回来!”拉里得意地

打了个响指。

“可能吧……不过现在最重要的是弄清楚薇拉是谁。这条秘密信息虽然看起来是留给她的，但是我不确定是否真的是写给她看的。”阿加莎说。

拉里困惑地看着她：“什么意思?”

“我还不确定。”阿加莎回答道，“但你别告诉我你没注意到照片里那个漂亮的舞者……”

拉里立刻脸红了。他当然注意到了。他还注意到了这位舞者姓名的首字母。

“薇拉……”他念叨着，“我们已经知道了她的名字和姓氏的首字母。现在该轮到‘眼线宝’出场了。她会不会是一位舞蹈明星呢?”

拉里立刻在他那高科技的小玩意上发起了搜索，不到几分钟，结果就出来了。通过交叉比对所有数据，“眼线宝”筛选出了一个名叫薇拉·比科夫的女孩，她不是什么明星，而是一位普通的群舞演员，目前就读于一所普通的学校。屏幕上弹出了一串文字：

卓赛麦尔学校的学生

地址如下

拉里和阿加莎把套娃放回原位，心满意足地走出了房间。

这条线索着实给他们的探案之旅开了个好头。

第三章

舞步翩翩

两人乘坐公交车赶往市中心。

“咱们真是幸运啊！”阿加莎一下车就感叹道，“去学校刚好要路过**涅瓦大道**，而且需要走很长一段路，要知道这可是全世界最有名的大街之一！”

“很长一段路……准确地说是多长？”拉里支支吾吾地问道。

“四公里多！我特意选了最远的站点，这样就能尽情欣赏一番啦！”雄心勃勃的小作家回答道，殊不知她

涅瓦大道

涅瓦大道是圣彼得堡最著名的街道之一，被誉为“俄罗斯的香榭丽舍大街”。它全长约5公里，沿途分布着众多的历史建筑、博物馆、剧院和商店。涅瓦大道不仅是圣彼得堡的商业中心，也是城市的文化象征。

的堂哥听到这里已经焦虑到了极点。

阿加莎想顺道去看看冬宫，那是历代沙皇冬季的居所。宫殿前面是一座大得没有边际的广场，站在广场上，可以全方位地尽情欣赏冬宫

的风采。

宫殿外围的浅绿色外墙被一根根洁白无瑕的立柱分隔开来，精制的雕花柱头闪着金光，一面巨大的旗帜正迎风飘扬。

“这不正像一个生日蛋糕吗？”阿加莎说，“你们知道吗，设计这座了不起的宫殿的是一位名叫巴尔托洛梅奥·拉斯特雷利的建筑师，他和卡洛一样，也是意大利人。我们真应该抽时间去参观一下……”

肯特先生虽然表面上依然保持着从容不迫的气度，但内心其实跟阿加莎一样兴奋。

有其他想法的人是拉里，他不停地抱怨自己的脚疼得厉害。

“呃……你难道不觉得今天我们已经走了太多路了吗?”他哭丧着脸说。

沃森看起来也没有它的主人那么激动。它百无聊赖地朝四周张望着：一条条大街宽阔得跟广场似的，但是连一只能让它追着飞的鸽子都没有，真是太无聊了。

三个人就这样一路向前走，阿加莎不断发现新的惊喜，而她的堂哥拉里则不停地抱怨，直到最后他们拐进了一条小巷。

“应该就在这附近了……”拉里兜了好几圈，感觉已经过了一个世纪。路越走越窄，涅瓦大道的繁华早已成了回忆，这会儿他们周围全是高耸的建筑，虽然太阳还很高，街道却被阴影笼罩着。

最后，他们终于锁定了一座看起来毫不起眼的建筑。

“这里就是卓赛麦尔学校了。我们总算到了。”拉里长舒了一口气。学校门口漆黑一片，有一条没有窗户的走廊通往楼上。上到三楼的时候，他们发现有一个房间的房门半掩着，门口的标牌上写着一串**西里尔字母**，门把手上挂着两只舞鞋：很显然，他们找对地方了。

走廊的尽头是一间昏暗而拥挤的大教室。

肯特先生机警地朝四处查看了一番。这地方看起来还算安静，除了穿着练功服和腿袜的舞者，还有一位看起来很严肃的女士，应该是他们的老师。教室里没放音乐，只有放在一台老旧的立式钢琴上的黑色节拍器在“滴滴答答”地响个不停。

“我去楼下等你们。”管家说。沃森也轻手轻脚地跟着他一起下了楼。

西里尔字母

西里尔字母由圣基里尔和圣梅托迪乌斯于9世纪发明，最初为保加利亚语设计，后广泛传播至东欧和中亚，成为俄语、乌克兰语、塞尔维亚语等语言的书写系统。它推动了语言统一和东正教传播，对东欧文化和宗教发展影响深远。

拉里和阿加莎不想打扰大家上课，只能先躲在角落里默默地看着他们训练。墙壁前有一排把杆，舞者们全都站在把杆旁边，一只手搭在杆上。

“画圈！”老师一边拍手，一边发出指令。所有人立刻单腿站稳，另一条腿则像圆规一样在地上画出一个半圆。几分钟后，老师提高了嗓音，发出了第二个指令：“踢腿！”于是，半圆立刻变成了一连串优雅的小踢腿动作。

这时，拉里悄悄地用胳膊肘碰了碰阿加莎，因为他认出了薇拉·比科夫。这个女孩眼神坚毅而高傲，跟挂在维克多房间里的照片上的样子一模一样。

阿加莎注意到，所有在练习的舞者中，她是最投入的那个。她的身姿优雅却有力量，每个动作无论做多少遍都能保持完全一致！阿加莎不禁联想到冬宫博物馆里的那只机械表，她曾向自己许诺，一定得找机会去一饱眼福。很显然，薇拉追求的是完美。她做动作时目光如炬，牢牢地盯着面前的白墙，不像旁边的舞者会心不在焉地东张西望。

跳着跳着，老师突然关掉了钢琴键盘盖，接着又停掉了节拍器。所有人都吓了一跳。她看起来很不满，气冲冲地挥了挥手，宣布让大家休息。

阿加莎意识到机会来了，该采取行动了。

薇拉从她的海蓝色运动包里拿出一瓶水，这会儿正坐下来准备喝。阿加莎立刻朝她走了过去。

“你是薇拉·比科夫吧？我叫阿加莎·米斯特里，维克多留言给你了，我来帮他转达一下。”阿加莎微笑着说。

“维克多？你怎么会认识他？”薇拉惊讶地问。

“说实话，我并不认识他。但是我们在找他……他好像凭空消失了似的。”

“我已经很久没见过他了，”薇拉眼神中闪过一丝忧虑，“总算有他的消息了。他留言里说什么？”

阿加莎在薇拉身边坐了下来。

“‘薇拉，我喜欢你。我可能会消失一段时间，但是在严寒老人到来之前，我们还会回去一起跳舞的！'”“你明白他在说什么吗？”

“不太明白，”她说，“而且有点莫名其妙。因为我跟维克多从来没有一起跳过舞，而且也没有计划过一起过圣诞节。”

“可他说他很喜欢你……”阿加莎直视着薇拉的眼睛，“他是你的男朋友吗？”

“也许……曾经是吧。”薇拉叹了口气，“我们的关系一直很复杂……尤其是自从得知他妈妈即将获得诺贝尔奖后，他直接连人影都不见了。其实我们本来就很难见面，我有我的事要做，他每天也很忙。”

阿加莎笑了笑，轻轻地拍了拍女孩的肩膀：“不过，他在房间里挂了你的照片……”

薇拉听了脸上并没有任何笑意。

“说实话，也许我们真的不合适。我们来自两个截然不同的家庭。我父亲是工人，母亲是公立学校的老师，他们拼尽全力才能勉强供我来学习跳舞。可维克多呢？他母亲是著名的科学家，他们家住在城里的富人区，他读的学校是那所很了不起但也贵得要命的……”

“天才学院！我们就是从那里来的！”被薇拉锐利的目光吓得有些紧张的拉里这会儿终于忍不住开口了。

薇拉低下了头：“维克多是个天才，和他妈妈一样。我多希望我也能有这样的机会。在这里，我们只能一遍又一遍地练习基本功……”

薇拉原本自信的眼神，此刻却充满了不安和失望。

“但我看得出来，你练得很投入。”阿加莎试图安慰她。

薇拉直直地看着阿加莎的眼睛：“因为这是我唯一能做的事。不久之后我会有一次试镜的机会，在**瓦岗诺娃芭蕾舞学院**，这座城市最著名的舞蹈学校！”

瓦岗诺娃芭蕾舞学院

瓦岗诺娃芭蕾舞学院于1738年创立，1957年为纪念瓦岗诺娃而更名。其教学融合多种风格，注重系统性和全面性。学院师资雄厚，招生严格，培养了众多世界芭蕾舞巨星。

“你一定会成功的！”阿加莎鼓励她说。

薇拉又喝了一口水。“我和维克多之间的事情，也许到这里就该结束了。”她喃喃自语道。

阿加莎环顾四周：所有的学员都在休息，几乎每个人手里都拿着手机。除了薇拉，其他人看起来都不怎么认真。

“就像我刚才说的，我很忙，他也很忙。”薇拉继续说道，“他一考入那所学校，就一头扎进了他的研究中，从那以后我们能相处的时间也就更少了。”

拉里坐到阿加莎身旁。“他有跟你提起过吗？”他打听道，“我是说关于他研究方面的事。”

薇拉苦笑了一下：“当然提过！可是，如果你的男朋友总是在谈论那些天才同学，夸赞那所学校有多么棒，没有固定作息，一切都是为了让学生更舒适而设计的……你反而会觉得很难受。”

薇拉逐渐打开了话匣子。她需要找人倾诉，而且面对陌生人，她也更容易坦诚地卸下盔甲。于是，她开始讲述自己每天过的日子有多么辛苦：早上一大早，她要起来给弟弟做早饭，因为这时候父母已经出去干活了。忙完后她才能去上学，然后再来上舞蹈课，在把杆前一练就是几个小时。晚上她还要去一家餐馆打零工。

阿加莎和拉里不禁陷入沉默，眼前这个女孩的生活让他们深感震撼。

“瓦岗诺娃芭蕾舞学院一定会张开双臂欢迎你的。他们绝对不会错过像你这样品格优秀的舞者的！”阿加莎激动地说，薇拉听了脸上总算露出了一丝笑容，“而且，维克多也会回来的……”

薇拉站起身，把双手搭在把杆上，老师虽然还在忙着打电话，但是她已经开始热身了。

“我不想思考这件事，”薇拉说，“还有一个原因是……我想可能跟另外一个人有关。有段时间维克多一开口就会提到她，除了聊她，就是聊他们两个正在合作完成的项目。”

“他们研究的是什么呢?”阿加莎问。

“呵，那可太有意思了！”女孩忍不住做了个鬼脸，“蘑菇，蘑菇，还是蘑菇。他们种蘑菇，研究蘑菇……维克多甚至跟我说他能听到蘑菇说话。”

阿加莎脑子里灵光一闪。蘑菇？这不正是维克多的母亲萨拉·沙利莫夫的研究领域吗？难道菌丝体延伸到地下所构成的神秘网络跟维克多也有关系？

“会说话的蘑菇？”拉里怀疑自己听错了。

“据维克多所言是这样的，”薇拉接着说，“其实他说的最多的还是他的这位同学。很显然，她是个不同凡响的人物。她前途无量。并不是我嫉妒，但是维克多每一次开口都要提到这个名字——凯蒂。凯蒂是个奇才，凯蒂用一个公式就解决了所有的问题，凯蒂这，凯蒂那。”

阿加莎的灵感已经闪烁得像太阳一样耀眼了，她敏锐地捕捉到了一条线索。

但是她还是忍不住为薇拉感到有些难过。于是，阿加莎拉起薇拉的手，鼓励她说：“相信我，你也会前途无量的。你是个信念坚定的女孩，如果有什么事情是我敢肯定的，那就是——有志者，事竟成。”

说完，她看向拉里，希望他也能补充点儿什么。拉里先是笨拙地挠了挠头，随后尴尬地清了清嗓子，接着又盯着自己的指尖看了起来。总之，他使尽浑身解数试图蒙混过关，直到一阵拍手声传来他才算是得救了——舞蹈老师通过拍手提醒大家，休息结束，该继续上课了。

节拍器又开始发出冷冰冰的滴答声，匆匆告别了阿加莎后，薇拉把双手从把杆上收回，快步朝其他同学走去。

“你至少得问她要个电话号码吧！”阿加莎小声对她的堂哥说，“我的意思是我们得跟她保持联系……说不定维克多会找她，不是吗？”

“对哦……”拉里如梦初醒，喃喃自语道。

拉里和薇拉交换了手机号码。随后，这位未来的舞蹈家便回到了其他舞者中间继续训练。

“空中画圈！”老师大声命令道。所有舞者的腿立刻开始有节奏地舞动起来。

阿加莎和拉里踮着脚尖溜出了教室。下楼梯的时候，阿加莎也一直默不作声。

过一会儿，她看向她的堂哥："真是个妙人，不是吗?"

拉里的脸红得发紫。"妙得甚至有点让人害怕……"他小声嘟囔道。

"我注意到了……" 阿加莎笑着说，"一般来说你都是主动向女孩子搭话的那个！啊，不对，你肯定是不想让莱拉受委屈，她可是你的真命天女……"

拉里气得立刻停下了脚步:“能拜托你帮我个忙吗?不要再提到她的名字了!”

“好吧，我保证……”阿加莎努力憋住不笑，“言归正传，我们该集中精力办案了。现在已经有不少线索了，比如维克多是主动选择失踪的，比如他还留下了一条信息，里面提到了他的女朋友——薇拉。”

拉里点了点头:“不过现在我们还得知，他可能还有一个情人——凯蒂，一个跟他一样的天才。”

“别忘了还有严寒老人……如果维克多所指的不是圣诞节，那么他有可能是在借这个名字来指代某个人。”阿加莎接着分析道。

“这个人会是谁呢?”拉里一头雾水。

第四章

争分夺秒的会面

第二天，拉里和阿加莎来到了食堂。拉里目光呆滞，一副没睡醒的样子，他的堂妹则一如既往地警觉而机敏。肯特先生比小主人们先到了，这会儿正远远地跟他们点头示意。沃森则不见踪影，大概正躲在桌子底下偷吃某些美味佳肴的残渣。

阿加莎和拉里发现柜台后面有一个熟悉的身影——卡洛。

“早上好！”卡洛热情地招呼道，“想吃点儿什么呢？”

拉里不由自主地伸出双手挡在面前："什么都行，除了皮罗什基！我不想要任何惊喜……上次那个可恶的大蒜味馅饼害得我一晚上都没睡好。"

跟往常一样，卡洛继续乐此不疲地戏弄着这位满腹牢骚的侦探："难道你不想尝尝我研发的分子羊角面包配解构什锦水果酱吗？"

"完全不想！"拉里不安起来，"请问你们这里没有纯粹的羊角面包吗？就是没有花里胡哨的东西、里面夹着普通果酱的那种？"

"当然有，昨天剩下不少呢……但是解构果酱真的好吃极了，相信我！"

拉里果断地摇了摇头："给阿加莎吧，她会尝的！对吗？"

"那当然啦！"阿加莎很给面子地回答道，"对了，有维克多的消息吗？"

卡洛摇了摇头："没有新消息，不过就像我之前说的，这件事并不让我感到意外。他肯定去跟他妈妈一起

彼得霍夫宫

彼得霍夫宫位于圣彼得堡市郊，以其宏伟的建筑和精美的花园而闻名于世，被誉为“俄罗斯的凡尔赛宫”。宫殿内装饰华丽，收藏了大量的艺术品，而其花园则以喷泉、雕塑和迷宫为特色，吸引着无数游客前来参观。

庆祝了……毕竟今天晚上萨拉·沙利莫夫就要在**彼得霍夫宫**发表公众演讲了。”

“在彼得霍夫宫？”阿加莎问道。

卡洛一边点头，一边把几个羊角包放在了拉里的盘子里：“千真万确。今天早上电视新闻里播报的……我敢打赌你们肯定可以在那里找到维克多。这将会是一个值得纪念的夜晚！”

坐下来以后，拉里咬了一口他的羊角包，脸上立刻露出失望的怪表情。

“呃……这玩意儿简直硬得像石头！”他嘟囔道。

“既然是昨天剩的，硬是很正常的。”阿加莎不紧不慢地解释道。

随后，她压低了声音，凑到堂哥身边悄悄地问：“说正经的，拉里，你查清楚这个凯蒂是什么人了吗？”

拉里收起了方才的失望神情，突然变得神采奕奕。“我借助‘眼线宝’进行了快速搜索，发现凯蒂是数学系的学生，”他一边说，一边像经验老到的侦探那样整理了一下自己蓬乱的长发，“显然她非常厉害。一年前，她曾经跟维克多·沙利莫夫在一个工作小组做过研究。我们昨天所搜集到的线索非常准确：这个研究正是关于菌丝体这一生物学课题的。”

阿加莎若有所思地点了点头。

“如果她这会儿就在食堂，我亲爱的堂哥，你为什么不释放出你那神秘的魅力去认识一下这位天才少女呢？”她边说边扫视着整个食堂，“当然这得是在你不介意的情况下。我知道你全部的心思都在那位真命天女身上，那位甜美的……”

“你承诺过不再提她的名字的！”拉里忍不住咆哮起来。

邻桌的人都惊讶地转过头来看着他。

“你答应过我的！”拉里压低了声音愤怒地抗议着，

“事实上我也没机会扮演花痴去找人家，不是吗，肯特先生？”他接着又补充道。

“没错，拉里少爷。”管家证实了拉里的想法，“我已经按照你们的吩咐打听了一圈，结论是凯蒂几乎从不来食堂。她忙于做研究，一般都直接在实验室里解决吃饭问题。那里才是她每天从早待到晚的地方……这会儿她正忙着研究与晶体生长相关的分形数据，因此，我想你们应该可以在矿物学研究室找到她。”

“太棒了，肯特先生！”阿加莎满意地说，“接下来的事情就交给我们了。”

不一会儿，他们就找到了实验室所在的位置。这片区域位于学校的后方，而且藏在地下。在一座室内泳池的旁边，有一个通往地下的楼梯，楼梯口周围还种着两排树。拉里和阿加莎沿着楼梯下了三层之后，来到了一个看上去像无菌室一样的空间。持续不断的嗡嗡声充斥着他们的耳朵。探头往房间里一看，他们就明白了这种低沉的噪音是从何而来：每个房间里都配备有多种电子设备，比如冷库、实验仪器、离心机……实验室里有几个学生正在工作，他们都穿着白大褂，戴着护目镜。在其中一个房间里，他们看到了完全依靠超强人造光源维持照明的温室。在另一个房间里，他们看到的则是一个巨大的水族箱，里面五颜六色的水草正随水流轻轻摇曳。

“植物学……动物学……热力学……我们简直就是走进了一本活生生的百科全书啊！”拉里挨个读着高悬在每个实验室门上的标牌，忍不住感叹道，“啊，看到了，在那边！我们要找的矿物学。”

不过，这个实验室倒是跟他们想象中不太一样。房间里既没有摆满五彩缤纷的标本的陈列柜，也没有显微镜。唯一的陈列物就是一块颜色像太阳一样的黄水晶，摆放在一个朴素的底座上。一个化验标本的仪器从天花板上悬垂下来。一个女孩正凑在电脑前，盯着铺满屏幕的几何图形，这些图形呈螺旋状，一圈又一圈，最后仿佛消失在无穷无尽之中。

“分形真是令人震撼……”阿加莎忍不住感叹道。

“别告诉我你连这个都精通。”拉里翻了个白眼。

阿加莎耸了耸肩：“我一点儿也不精通……我只不过是在翻阅科学杂志时看到过而已。”

电脑前的女孩头也没回，好像根本没有意识到其他人的存在。

女孩旁边的写字台上放着一个被啃了一半的汉堡，

无声地宣示着她对研究的沉迷。

“是凯蒂吗？”阿加莎走向前去，“我们刚来天才学院，正在参观学校。希望没有打扰到你。”

“反正你们也打扰不到我……”女孩冷冷地回答道，眼睛全程都没有离开过屏幕，“不过你选择把这里作为起点倒是很明智。没错，分形美极了。你可以看到几何图形在越来越小的尺度上无休止地重复下去。数学公式可以转换成图像，可以描绘世界。”

说着，她按了一下触摸屏上的某个指令，屏幕上的螺旋形图案随即开始旋转，整个画面变得愈发迷人了。

凯蒂看了看手腕上的石英表，按下了屏幕侧面的一个按钮，然后转身看向阿加莎。

“你运气也很好，我现在刚好有一刻钟的休息时间。”

“太好了！那我就长话短说……我们已经跟校长见过面了，还有在食堂里工作、负责烹饪创意实验的卡洛。我们想见维克多·沙利莫夫，但是找不到他。听说你跟他一起工作过。”

凯蒂抓起桌上的半个汉堡咬了一口。

“是的。一个研究菌丝体生物学的项目。十一个月之前。相当有趣。但已经是过去式了。”

“没错，你现在研究的已经是毫不相干的领域了……”阿加莎指了指那块大水晶。

“这是硫黄。准确地说，我是在研究如何用分形模型来展示它的生长模式。事实上，研究完菌丝体之后我已经又做了将近二十个项目。你们应该已经发现了，这里每个学生都可以轻易地从一种研究切换到另一种研究。索罗金认为，我们应该富有想象和合作精神，同时富有成效。”

“我们确实发现了，”阿加莎笑着说，“不过，你还记得那项研究有什么特别之处吗?”

凯蒂看了看表。“我可以带你们去看看。”她边说边站起身来。

植物实验室比他们刚刚离开的那间要大很多。凯

蒂带阿加莎和拉里来到了一块长长的玻璃板前。玻璃板内侧装满了泥土，无数植物根须从上方延伸下来，地面上则布满了闪闪发光的小金属物。

“这些都是不同类型的传感器，”凯蒂指着其中一个金属物说，“用来测量温度、湿度、微电荷、化学成分……简而言之，通过它们，我们可以随时了解地下出现的最新情况。这些根须则来自楼梯口的两排树，你们下到这里来的途中应该注意到了。树木对蘑菇的生长至关重要，反之亦然……”

“可是我没看到任何蘑菇啊！”拉里惊呼道。

“恰恰相反，你眼前就有大量蘑菇。你称之为蘑菇的，无非就是树林里冒出来的那些，从某种意义上说，它们只是一种更复杂的生物体的果实而已。看到这些又白又细的条纹了吗？这就是菌丝体——真正的幕后主使。它们为了繁殖，会将果实推出地面。果实会释放出种子，即孢子。这些孢子会在新的地方生根，帮助菌丝体将领地扩展得越来越大。”

“太令人难以置信了……”阿加莎目不转睛地盯着这个看似安静的小小世界，“那你和维克多……”

“我和维克多探索的是植物的语言。多年来，人们已经了解到树木和其他植被会通过菌丝体所构成的地下网络实现相互交流。这个网络就像是它们的电话线。作为这一领域的权威，维克多的母亲有向我们提供帮助，维克多自己也是一个生物学爱好者。”

“那植物们会聊什么呢?”拉里吃惊地问。

“这我们还不太清楚，”凯蒂笑着说，“不过可以肯定的是，被这一地下网络连在一起的树木会长得更好。比如，受到害虫攻击的植物可以向跟它联系在一起的其他植物发出警报，后者就可以及时做好防卫的准备。”

“这一切跟数学又有什么关系呢?”阿加莎好奇地追

问，虽然她几乎已经预测到了答案。她先前注意到，凯蒂的手掌上甚至都写着数字和代码。

“数学关乎一切。”凯蒂回答道，“依照维克多妈妈的指示，我整理出了‘真菌方程’，这是一套复杂的算法，可以为科学家们提供一种……一种自动翻译器，对树木的语言进行破译。”

阿加莎脑海中灵光一闪：诺贝尔奖颁发给萨拉·沙利莫夫的理由中所提到的正是这个方程！

“翻译器！这些研究将会带来不可思议的进步！”她钦佩地赞叹道。

凯蒂认真地点了点头：“当然。你们想想看，一旦破译了植物的语言，我们能够实现哪些突破——我们将可以跟它们对话，可以保护它们，甚至跟它们交朋友。而这个由菌丝体所形成的网络是无边无际的……它可以转化为一个巨大的生物之间的通讯系统，就像是一种有生命的超级计算机！”

拉里叹了口气。听了这么多，他所能想象的蘑菇依然只是藏在树叶之间的带有圆点的红色小伞而已。想到自己的堂妹很有可能忘记了一个重要的问题，他决定再次摆出一位经验老到的侦探的姿态，直截了当地提问道：“凯蒂，你是维克多的女朋友吗？”

凯蒂忍不住大笑起来：“当然不是！你怎么会突然冒出这样的想法？维克多是个聪明且讨人喜欢的男孩……我们在一起合作得很好，但是我并没有跟他交往。而且……好吧，这么说吧，他在数学方面算不上是高手。我敢肯定，如果我把‘真菌方程’再抄一遍，他就会完全不知所云。所以，在我这里，他的魅力值为零。”

阿加莎把一只手搭在拉里的背上，小声对他说：“由此可以推断，你也没有任何希望，我亲爱的堂哥。”

拉里的脸唰的一下红到了鼻尖，这时，凯蒂的手表开始发出一连串的嘟嘟声。

“你们两个很特别，我很乐意跟你们待在一起，但是我的一刻钟休息时间已经结束了。”凯蒂匆匆结束了对话。

阿加莎还需要更多信息碎片来拼凑出她内心的拼图。

“不好意思，凯蒂，”她试图挽留对方，“可是我还想了解关于这项研究的更多细节——尤其是关于‘真菌方程’的！”

凯蒂按了一下按钮，手表安静了下来。“如果你们愿意相信的话，我的下一个休息时间是明天这个时候。”她冷冰冰地回答道。

拉里和阿加莎默默地看着她，有点儿摸不着头脑。

“我不是在开玩笑，”她接着说，“再说，我也没什么可告诉你们的了。不过，你们倒是可以找我们当时的导师库兹涅佐夫教授聊聊。祝你们在天才学院过得愉快。”

说完，凯蒂就弃他俩而去了。

“你能想象吗？在她笑的那一个瞬间，我居然天真地以为她也是人类……”和阿加莎一起顺着楼梯往外走的路上，拉里不停地发着牢骚。

“重要的是她给我们提供了一条关键的信息：‘真菌方程’既跟诺贝尔奖有关，也跟维克多以及他的失踪有关。还有，别忘了严寒老人！”阿加莎总结道。随后，她转身向拉里抛出了一个莫名其妙的问题：“七乘八?”

拉里愣愣地看着她：“啊?”

“七乘八，五十六。这个谁都能脱口而出吧！乘法表啊，拉里！算了，你跟任何像凯蒂这样的数学爱好者都没戏!”

第五章

档案室里的“惊喜”

当肯特先生那曾经用来打拳的大手落在他的后背上时，谢尔盖·库兹涅佐夫吓得差点儿跳起来。

“不好意思打扰到您，我们在做一个档案调研项目，打听到您或许可以帮忙。”管家愉快地说。

库兹涅佐夫正俯身跪在几十盆盆景之间。这些微型树木的状态极好，一看就是有人在花时间精心照料。

“真是漂亮极了！”阿加莎赞叹道，“我们来看看我还记不记得一些盆景风格的名字……那盆是‘**风吹扫**’，对吗？”

被她所指着的盆景树干向前弯曲，只有一侧长有树枝和树叶，仿佛生长在暴风肆虐的悬崖上似的。

风吹扫

即风吹式盆景，这是一种模拟植物在强风中倾斜姿态的盆景造型。其特点为树枝和树干弯曲、倾斜，展现出动态美感与顽强生命力。这种盆景不仅具有极高的观赏价值，还蕴含着顺应自然、坚韧不拔的精神内涵。

“Fukinagashi，也就是风吹扫，没错!”库兹涅佐夫满意地回答道，能找到一个和他有共同语言的人，他显然非常高兴，“你也喜欢盆景吗?”

阿加莎在一个又细又长的花盆前跪了下来，观察着里面几棵彼此紧挨着的小树。“说实话，我们的肯特先生才是真正的行家。正是因为他，我才对盆景产生了兴趣……”她一边说，一边朝身旁的硬汉管家投去了赞许的目光。

拉里也被震撼到了。树木在自然界中本是庞然大物，它们居然可以被微缩成小小的盆景。沃森对此却没什么兴趣：这些玩意儿不能吃，也提供不了足够的阴凉让它美美地打个盹。

“这些盆景是做研究用的吗?”阿加莎问道。

库兹涅佐夫眼神中闪过一丝尴尬。“不是，这只是我的一部分私人收藏品而已……”他回答道。

“这么说您还有其他藏品?!”阿加莎环顾四周，惊讶地瞪大了眼睛。毕竟这里已经像是一片小森林了。

库兹涅佐夫没有回答。

“你们想参观档案室，是吗?”他一边问，一边提起一个装满工具的箱子。

“是的，可以的话我们将非常感激。”肯特先生说，“我们想见识一下天才学院的研究项目到底有多丰富。”

“好，跟我来吧。”库兹涅佐夫不耐烦地回答道，脸上也浮现出不快的表情。

“他可能只想安安静静地和他的小植物们待着……”跟在后面的拉里小声嘀咕着。

“那不是小植物，拉里，”阿加莎气冲冲地纠正拉里，“那是了不起的盆景样本，有些甚至还是古董。”

档案室位于远离主楼的一座独立建筑内。库兹涅佐夫从口袋里掏出一把长长的钥匙，用它打开了门。

里面只有一个房间，满满当当地摆着书架和电脑。库兹涅佐夫打开开关，一只氖光吊灯闪烁了几下后艰难地亮了起来，几台处于待机状态的电脑反应倒是灵敏，这会儿已经齐刷刷地变亮了。

“学院里完成的所有研究项目都在这里了吗?”肯特先生问道。

“当然了!”库兹涅佐夫高声回答，同时不怀好意地瞥了肯特一眼,“从学校成立一直到今天。我把最新的研究成果展示给你们看。”

他走到一台电脑前，打开了显示在屏幕上的一个文件夹:“你们对什么课题感兴趣？这里有针对新型绝缘材料的研究、食用藻类的养殖……还有一篇关于超导体的论文……是由我本人亲自指导的。”

“我们倒确实想看一个您所负责的项目。”阿加莎说。

库兹涅佐夫笑着点开了一个文件夹:“太好了！所谓的超导体，你们应该知道，就是在特定的温度条件下……”

“事实上，我们尤其想看的是另外一个项目，”阿加莎打断了他，“就是维克多·沙利莫夫和凯蒂·古谢夫合作完成的那个。大约一年前，他们曾一起研究过菌丝体。”

库兹涅佐夫脸色瞬间变得煞白：“呃……我记不起来了……”

“或许可以按照课题来搜索一下……关键词是‘真菌方程’！”拉里眼神里闪过一丝狡黠。

库兹涅佐夫迟疑了一下，好像是在努力回忆着什么。随后，他键入了拉里所说的关键词。屏幕上立刻出现了一个文件夹。他又迟疑了一下。

“就是这个！”阿加莎激动地拍起手来。

库兹涅佐夫勉强挤出一丝笑容：“啊，现在我想起来了！这个项目研究的是树木如何通过菌丝体形成的地下网络互相交流。没问题，我很愿意介绍给你们听。”

肯特先生壮实的手掌又一次按在了这个男人的后背上，但是这次他稍微加大了一点儿力度：“您能一边讲一边展示给我们看吗？”

库兹涅佐夫紧张地咬了咬嘴唇，然后硬着头皮双击打开了文件夹。里面居然……

“是空的?”库兹涅佐夫表示很惊讶,“真奇怪……一定是有……有什么故障!得找负责维护电脑的信息技术员来看看,但我不知道现在他人在哪里。”

“真是遗憾,”阿加莎说,“不过,或许可以去找找看……”

肯特先生搭在管理员后背上的手再一次加大了力度:“没错,我们去找信息技术员就是了。”

库兹涅佐夫犹疑地看了看肯特,随即便妥协了。“那我们走吧,希望他没去休假……”他一边穿外套一边说。

现在档案室里只剩阿加莎和拉里了。他们用最快的速度打开了尽可能多的文件夹:有些里面有研究资料,其他的则跟维克多和凯蒂那个一样是空的。

“缺的恰好是那些标题看起来最有意思的项目……”阿加莎不禁皱起了眉头,“你看……‘远程激光瞄准系统’——空的。‘氢动力混合发动机原型’——空的。”

“呃,看起来问题很严重……”拉里嘟囔着。

阿加莎对此非常确定："我同意你的看法，拉里。这里所涉及的研究都是非常有价值的，甚至是有巨大的潜在价值。"

"也就是说，如果把这些卖掉，可以买到相当多的古董盆景！"拉里看着她说。

"可以这么说。我们也可以就这么对库兹涅佐夫说……"阿加莎眉头皱得更紧了。

几分钟后，肯特先生拖着库兹涅佐夫回来了。

"信息技术员没找到！"库兹涅佐夫宣布说。

阿加莎不禁冷笑了一声，拉里则直接义正辞言开始跟他展开对峙。"摊牌吧，谢尔盖……我们在整个学院里都没有看到过任何地方上锁，除了这里。平时是谁在负责管理档案室？这里面到底藏着什么秘密？"他连珠炮般地追问起来。

库兹涅佐夫坐了下来，脸上愁云密布："是我在负责。"

拉里追到他身旁，不依不饶地问："那是谁把那些研究档案弄丢的？我们已经看过了，缺的可不是一点。”

库兹涅佐夫犹豫了一下，似乎在寻找借口。片刻过后，他结结巴巴地坦白了：“是我……但是我求求你们，不要毁了我的一切。”

拉里打了个响指：“果然是你！你被逮捕了，严寒老人！”

库兹涅佐夫慌了神。“你们怎么会知道这个名字？”他胆怯地小声问道。

“这不重要，”阿加莎目不转睛地盯着他，“老实交代吧，维克多失踪的事情你都知道些什么?”

“我什么也不知道!”库兹涅佐夫辩解道，“而且我也不是严寒老人！那是我联系人的名字……我发誓，我只是负责把研究档案交给他，我不认识他，也从来没见过他本人!”

据库兹涅佐夫描述，几年前，有个自称是严寒老人的神秘人物突然来联系他。有一天，库兹涅佐夫在公寓门口发现了一个装满了钱的袋子，后来又发现了另外一袋，第三次，袋子里除了钱，还有一个对方向他提出的要求：把天才学院某一个研究项目的档案下载在 U 盘上，然后将它放在某个约定好的地方……

阿加莎逐渐看清了事实的真相：“所以严寒老人在指使你盗取研究成果。”

库兹涅佐夫抬起手擦了擦额头上的汗：“确实是这

样……他还要求我从档案室里删除跟这些研究有关的一切文件。”

阿加莎点了点头：“无论这个人是谁，显然他是想转卖这些研究成果。而买家想要确保自己掌握着唯一的一份档案，是该项成果唯一的主人！”

库兹涅佐夫耸了耸肩：“我不知道他们要这些做什么用！这都是些学校里的研究项目而已！”

“是学校里的研究没错，但都是非常天才的项目！”阿加莎无奈地摇了摇头，“我想严寒老人给你的报酬应该远远低于这些研究的实际价值……”

拉里和肯特先生心领神会地对视了一下。

“我们最好通知警方。”拉里故意提议。

听到这里，库兹涅佐夫尖叫起来：“不，求求你们！我错了，我保证不会再发生这样的事了！”

说完，他从口袋里摸出一个U盘，扔在了面前的桌子上。

“这个我不会再交给他了。我这就和严寒老人断绝来往!”

阿加莎神色严厉地瞪着他。“您会为所做的事情付出代价的,”她说,“但现在我们会暂时为你保密。”

拉里惊讶地瞪大了眼睛:“这是为什么啊,阿加莎?”

阿加莎笑着说:“我预感到谜底已经离我们很近了……但是我们不能打草惊蛇。库兹涅佐夫先生,你们约的什么时候、在哪里交接这个 U 盘?”

库兹涅佐夫说最近的一次就约在了当天下午三点,还是按照老规矩进行。从第一次起,严寒老人就要求他搭乘圣彼得堡运河上的某一路游船。他要按照约定的时间在法贝热码头上船,然后把 U 盘藏在十一号座位下面,随后在彼得保罗要塞站下船。

“我并不知道我离开后船上会发生什么……”他说。

阿加莎的眼睛中闪过一道光。

“我们会弄清楚的!”她胸有成竹地说。

第六章

严寒老人

“这个主意实在是太妙了！我们代替库兹涅佐夫去赴约，去揭开严寒老人的真面目！”从档案馆走出来的路上，拉里不停地感叹着。

“但是风险也不少。”肯特先生一边评论，一边把自己的指关节捏得咔嚓作响。

“我们的时间不多了。据库兹涅佐夫所言，涅瓦河上的交货时间是三点！”想到马上要采取行动，这位年轻的侦探兴奋得几乎要跳起来。

阿加莎的眉毛拧成了一团：“没错，我们得赶快行动。我有种预感，如果能查清严寒老人的身份，维克多失踪的问题也就有了答案。”

就在这时，拉里的“眼线宝”响了起来。

“呃……会是谁呢?”拉里惊恐万分，刚才的豪言壮语就像冰块见了阳光，转眼间就不见踪影了，“会不会是UM60教授急着要调查结果？可我们离得出结论还有十万八千里……”他几乎要呜咽起来。

最后，他鼓起勇气，声音颤抖着接起了电话：“喂?我……我我是……”

安静地听了几秒钟后，拉里的表情柔和了下来，甚至开始安慰对方：“谢谢！好的，交给我们吧……有消息我们会及时告诉你的！”

挂断电话后，拉里眉开眼笑，脸上洋溢着胜利的喜悦。没办法，他的情绪向来变得比过山车还快。

“是薇拉·比科夫！”他报告说，大家都转过头来看着他，“她说她刚下课，正在赶往舞蹈学校的路上，刚刚看到了一个跟维克多长得一模一样的男孩，就在法贝热港口附近！”

“真是精彩！”肯特先生脱口而出。

拉里则越说越自信了。“有一个想法在我脑海里盘旋很久了，”他昂首挺胸，活像一只火鸡，“罪犯往往就是那个看起来最没有嫌疑的人。我敢肯定，维克多就是严寒老人！他肯定已经在约好的交货地点候着了！他会拿到U盘，然后……”

阿加莎脸上露出怀疑的神色。她摇了摇头，反问道：“那么，亲爱的拉里，请问维克多何必要去盗取一项从某种意义上来说已经属于他的研究成果呢？”

“我……我不知道！”拉里的眼睛瞪得溜圆，仿佛要从眼眶中飞出来，“如果不是这样，他为什么会出现在约定的地点呢？”

“这个问题我们也会查清楚的！”阿加莎一把抓起拉里的袖子，“先别啰嗦了，我们该出发了，没时间了！”

天气很好，码头上已经有游客在排队等着登船。

河面上泊着一艘粉白色的游船，船身很长，有上下两层。

肯特先生不停地四处张望着，尽管大家都非常清楚，不论这个严寒老人是何许人，他大概率都不会在库兹涅佐夫面前现身。他绝对不会冒险暴露自己的身份。相反，可以预料的是，交货完成之后他倒是极有可能出现在船上。当然，他上船以后会发现有一个惊喜在等待着他：三个侦探和一只猫正守株待兔，已经准备好要揭开他的真面目。因为十一号座位在上层的前排，于是上船后他们直接来到了甲板上。此时，游船基本上还是空的。

肯特先生坐在船尾倒数第二排，用他魁梧的身躯挡住藏在最后一排的阿加莎和拉里。沃森舒舒服服地蜷缩在小主人的膝盖上，没过几分钟就呼呼大睡起来。

游船缓缓开动，侦探三人组高度警惕，努力不让任何一张有嫌疑的面孔逃过他们的视线，但是途中的风景实在太美，大家时常不受控制地为此而分心。

游船先是钻进了旁侧的一条小河道。当临近第一座铁桥时，所有人都本能地低下了头——它实在是太矮了！但是很快，大家就习惯了——每隔几百米就有一座低矮的桥梁出现。一条条狭窄的水道纵横交错，游客们乘着船惬意地徜徉其中。过了一会儿，游船转而驶入了宽阔而平静的涅瓦河。每到一站，都有上船和下船的游客。

“快看，阿加莎……”拉里小声说道，偷瞄在第一排离十一号座位不远的位置落座的一位男士。

他身材魁梧，头发花白，留着浓密的络腮胡。

“我的老天爷！这是圣诞老人本人吧！他肯定就是我们要找的严寒老人！”

阿加莎一言不发。

这位魁梧的男士只要不下船，他们就要密切监视着他的一举一动。

他会找机会接近十一号座位吗？会去座位底下寻找东西吗？

然而什么也没有发生。这位乘客只是沉醉于四周的美景，然后在后面一站下了船。

“警报有误……”拉里失望地嘟囔着。

这一站涌上来一群各式各样的游客：有全家出动的，有退休的老人，还有跟着导游的旅游团……

“真是始料未及。”肯特先生头也没回冷冷地说。

“现在才更需要提高警惕，”阿加莎朝肯特先生探了探身子，一字一顿地强调道，“我们不能放过任何可疑的动作。”

彼得保罗要塞站到了。库兹涅佐夫每次来送 U 盘都是在这一站下船的。

从这一刻开始，严寒老人随时有可能来取走他的猎物。当然了，阿加莎和队友们早就把 U 盘收好了，根本没有放在十一号座位下面。不管这位严寒老人是何方神圣，到时他肯定会大吃一惊。

船上挤满了游客，一片混乱，这着实为他们执行任务增加了不少挑战：这会儿想要弄清楚甲板上发生的事情，简直像走钢丝一样困难。

许多人坐了下来，但还有一群游客沉迷站着欣赏风景，恰好把他们的“目标座位”给挡住了。

座位上到底有没有人呢?

就在这时，一名高大健壮的男子登船了，他戴着帽子，帽檐压得很低，大衣的领子则竖得很高，几乎把整张脸都遮住了。阿加莎的目光立刻锁定在了他身上，拉里和肯特先生还没有注意到他。

阿加莎看着“帽子男”在楼下的人群里挤来挤去，然后不见了踪影。大概是找到座位坐下了。

几分钟过去了。

可疑的身影又出现了！他回到了甲板上，并向一个小男孩询问能否坐在他的位子上。

阿加莎敢肯定，那正是十一号座位。于是她轻轻拍了拍肯特先生的肩膀。管家迅速瞥了一眼，立即明白了她的意思，目光也跟着锁定在那个穿大衣的男子身上。

就在这时，意外发生了。

一只海鸥落在了阿加莎旁边，沃森猛然惊醒。它喜欢追逐鸽子，对于海鸥……它更是无法抵抗！高大的、粗壮的、白白的海鸥，实在太诱人了！

这只西伯利亚猫即刻开始发动攻击，它弓起背，嘶嘶地发出威胁。那只大鸟则在座位间仓皇奔跑，试图展开翅膀，寻找起飞的机会。后面的沃森则毛发竖起，紧追不舍……这精彩的一幕吸引了所有人的注意，也包括

“帽子男”。有一瞬间，他和阿加莎的目光撞在了一起。

“是索罗金校长！严寒老人是他！”阿加莎指着他喊道。

肯特先生立即冲了上去，但索罗金已经开始沿着楼梯跑向楼下了。此时船正在减速，即将准备靠站。

巧合的是，就在这时，海鸥成功起飞了……然后径直撞到了肯特先生脸上，而沃森不甘放弃，跟着一起扑了上去。最后，当海鸥终于飞起来时，可怜的肯特

先生——米斯特里之家向来无懈可击的管家——嘴里塞满了羽毛，精致的衬衫领子还被猫的利爪紧紧钩着。

而索罗金……已经不见踪影了。

“对不起，阿加莎小姐。”肯特先生尴尬地向阿加莎道歉说。

“这不是你的错！”阿加莎安慰他说。然后她摸了摸沃森的头，宠溺地说：“你总能在关键时刻醒来，是吗？”

阿加莎重新坐了下来，脸色凝重，若有所思。

“碎片正在逐渐拼凑起来。”她小声总结道，“我们来梳理一下……索罗金就是严寒老人。他早就意识到天才学院是一座金矿……学生们就像泉眼，可以源源不断地输出创意之泉，所以他想到了把这些创意卖掉，偷偷地卖，卖给出价最高的人。如果事情暴露，这将是一桩巨大的丑闻：昂贵至极的国际学校的校长居然在背后靠售卖学生们的创意赚钱！”

“所以，为了不暴露自己的身份，他让库兹涅佐夫去偷走研究档案，这样他自己就不用直接沾手了。”拉里补充道。

“正是如此，拉里。他付给库兹涅佐夫报酬，但那些研究成果他肯定是卖出了天价，然后发生了一件事……”阿加莎继续说道。

“什么事?”肯特先生一边问，一边厌恶地从嘴里捏出了最后一根羽毛。

阿加莎的目光似乎迷失在了涅瓦河的水面上。

“他发现自己卖出去的一项研究被提名了诺贝尔奖……就是包含‘真菌方程’的那项成果！这对一个在暗中做生意的人来说无疑是个大麻烦：因为突然间，全世界都在谈论他卖出去的一项研究，但是买下它的人肯定高兴不起来。我们得赶回校长办公室看看，立刻，马上!”

“那索罗金呢？不追了吗?”拉里疑惑地问道。

阿加莎摇了摇头：“他现在身份曝光了，肯定会消失一段时间的，但他不会永远销声匿迹……”

第七章

至关重要的文件

回到天才学院后，拉里和阿加莎像离弦的箭一样直奔校长办公室。肯特先生则守在附近，以防索罗金突然回到学校。

“我们该找什么啊，阿加莎?”拉里还没摸着头脑。

“当然是找证据！这件事已经持续了很久，但索罗金几乎掩饰得天衣无缝。看起来，他和研究档案的消失之间没有任何联系。他一直在对库兹涅佐夫施加压力，他表现得一向很自信，至少直到今天为止，都没有露出任何破绽。但是，一定会有证据的。即使是最狡猾的骗子，也难以避免留下蛛丝马迹。”阿加莎说。

拉里环顾四周，依旧一脸茫然。

“那我们要从哪里开始呢？”他问道，“这里的文件多到数不清。”

阿加莎用手指敲了敲桌子：“假设索罗金可能会把关键性的东西藏在这堆文件里。但这是一个任何人都会搜查的地方，只要翻一翻，总能找到你想要的东西，只是时间的问题而已。”

“但我们没有时间了！”拉里沮丧地说，“索罗金肯定在密谋某些事情。搞不好他现在已经逃走了，而且跑得越来越远了！”

“是的，我们没有时间了。而且，我觉得，即使我们在这里翻上几天几夜，也找不出任何东西……”阿加莎说。

“那怎么办?”拉里追问道，他已经越来越焦躁了。

阿加莎脸上反而露出了微笑：“这个房间里有一个

地方，没有人会想到去那里翻找重要的东西。”

“等等！让我猜一下！”拉里又打起了精神。

阿加莎往往会在她的“记忆匣子”里存放一些重要细节，并且在适当的时候加以调用。拉里非常钦佩堂妹的这种能力，这次他自己也想试试看。然而，阿加莎并没有给他机会。

“正如你所说，我们没有时间了！”她笑着说，“看到壁炉旁边的篮子了吗？里面装满了旧报纸和点火纸，可是现在冬天还远着呢。是沃森让我注意到那个篮子的。你还记得吗？我们第一次进到这个办公室时，它就跑过去依偎在了篮子旁边。”

拉里惊讶极了：“你意思是说那堆废纸里……有证据？”

“我们马上就来揭晓答案。”阿加莎说着便朝着篮子走去，“索罗金是个狡猾的老狐狸，他会把重要的东西‘藏’在一个显眼的地方。”

“更何况，万一有危险，他可以立刻烧毁一切！”拉里终于开窍了。

“厉害了，拉里!”阿加莎一边说，一边开始翻看篮子里的纸张。

很显然，阿加莎的判断是对的：那些看似被随意丢弃在篮子里的废纸中，确实藏着索罗金与全球各大公司的交易证据。校长把“远程激光瞄准系统”卖给了一家美国跨国公司，把“氢动力混合发动机项目”卖给了一家日本公司……还有其余几十项研究也分别卖给了不同公司。

阿加莎气得脸都皱成了一团：“他靠学生们的创意赚取了巨额财富！然后又拿这些钱投资学校，让学校运转更加高效，进而从学生那里榨取更多的创意，继续帮助自己发家致富！他拿学生当摇钱树，丝毫不在意这些创意是否会落入坏人之手!”

索罗金构建的这个系统果真是配得上“天才学院”这个名字：他创造了一个绝佳的环境，好让小天才们在这里免费为他提供非凡的创意——学生甚至还要向他支

付学费！然后，他指使库兹涅佐夫去盗取这些创意。库兹涅佐夫从中捞到的钱十分有限，比起索罗金……那简直是九牛一毛。这些从天才学院流出来的研究成果都被外国公司买下，他们申请了专利，并将其用于先进技术的开发。

拉里此时正在仔细阅读一份文件。

“你说得很对，索罗金的确是个犯罪分子，但是他遇到了比他更狠毒的对手。”说着，他把手里的文件递给了阿加莎。

那是一封信，也是这个案子最为关键的一项证据：一家名为“Investream Inc.”的公司向索罗金支付了巨额费用，买下了有关“真菌方程”的研究成果。得知这个方程被提名诺贝尔奖后，这家公司的高层意识到他们无法再利用这个公式来攫取利益了。

“他们明目张胆地威胁索罗金，说要揭露他的身份，逼他关闭学校，除非……除非萨拉·沙利莫夫放弃诺贝尔奖！”阿加莎用手指着文件，惊讶得几乎要尖叫起来，“索罗金感到走投无路，于是决定也把另一个人逼向绝境！”

拉里打了个响指：“维克多！”

“没错！”阿加莎说，“他威胁了维克多，跟他说……”

“说‘真菌方程’是他的一个名叫凯蒂的学生发现的，而我妈妈是剽窃者。他会将这件事公之于众，让她在全世界面前蒙羞！”

阿加莎和拉里循着声音转头看向门口。

维克多·沙利莫夫居然站在那里。他高高的个子，头发乱糟糟的，戴着圆形眼镜，和画像上一模一样。他目光依然睿智，但其中透露着焦虑和恐惧。

拉里吃惊地瞪大了眼睛："维克多?! 这怎么可能……"

"我其实一直在等你。"阿加莎说，"只不过我不知道你什么时候才会出现。让维克多自己讲吧，拉里……我们时间紧迫!"

维克托颤抖着靠在了门上，任由身体不受控制地沿着门框滑了下来："索罗金告诉我，他要把真相和盘托出，他会告诉大家是我把‘真菌方程’给了我妈妈！”

“这让你非常害怕……因为这的确是事实，对吗？”阿加莎说。

维克多点了点头。他之前把“真菌方程”给过他妈妈，所以他确实也以为是他妈妈抄袭了凯蒂的想法。

讲到这里，维克多的泪水似乎马上要夺眶而出：“是的，但是……但是……”

“但是你妈妈根本没有抄袭任何人的创意，尽管在索罗金看来恰恰相反。”阿加莎安慰他说，“凯蒂之前有向我们解释，‘真菌方程’的根基是萨拉的发现，方程只是在此基础上的进一步发展而已。你没有意识到这一点，因为你并不是数学高手，对吗?”

“这一点咱俩倒是很像!”拉里笑嘻嘻地说，试图缓和一下紧张的氛围。

“我……我没仔细想……索罗金一直在不停地大声嚷嚷，说他要告诉大家我在帮他售卖同学们的创意，威胁我说要把我描绘成他的同伙，就像库兹涅佐夫一样！有一次他甚至还要求我代替他去交货！我的整个家族都会因此而永远蒙羞……”

阿加莎被气得火冒三丈。她还没怎么遇到过像斯坦尼斯瓦夫·索罗金这么卑鄙的人。

维克托忍不住放声大哭起来。

阿加莎俯身蹲在他身边，握住他的手：“加油，振作起来……”

维克托深吸了一口气，努力让自己平静下来：“他要求我说服我妈妈放弃诺贝尔奖，否则他就会通过公开羞辱她来迫使她放弃。他还警告我不要试图报警，因为警察是不会相信一个毛头小子的……所以我选择了逃走，但是我也在尽力地想办法帮你们破案。”

“你做得对极了，向‘侦探眼’求助是个非常好的选择。联系我们的人就是你，对吗？”阿加莎安慰他。

维克多点了点头。

“你像专业人士一样布下了线索。”阿加莎接着说，

“那个俄罗斯套娃的主意太棒了，给我们指明了调查的方向。后来你又故意出现在游船码头附近，这个策略也非常聪明！”

维克多用手背擦了擦眼泪：“你们真了不起。”

拉里骄傲极了。“寻找线索和解决谜团是我的看家本领！”他笑着说。

阿加莎扶维克多站起来，轻轻地摇了摇他的肩膀：“加油！你已经尽全力啦！但是索罗金现在还没落网……他一定会想方设法扭转局面。”

沉默片刻之后，维克多握紧了拳头，眼睛里又重新闪烁起了光芒。现在他不再感到孤立无援了。他知道自己身边有了朋友，有了跟他目标一致的人。

“他什么都做得出来。”他说。

阿加莎摇了摇头：“为了保全自己，他只有一个选择，那就是抹黑你妈妈和诺贝尔奖，这也正是他之前想要让你去做的事。而眼下就有一个绝佳的机会！”

“彼得霍夫宫的演讲！”拉里恍然大悟。

阿加莎看了看手表："没错……演讲马上就要开始了，而且皇宫还在郊外！我们现在出发刚好能赶到。索罗金一定已经在那儿了，我敢肯定，虽然他知道自己已经暴露了，但他应该想不到我们已经弄清楚了他的整个计划……他必定会孤注一掷，在当局和记者面前疯狂抹黑萨拉！"

收集到足以指控索罗金的确凿证据后，阿加莎、拉里和维克多快速离开了校长办公室，然后和肯特先生一起飞奔到街上去找出租车。沃森也加入了大部队，像箭一样冲在了所有人前面。

第八章

全员登台亮相！

一个小时不到，侦探小队就赶到了彼得霍夫宫。尽管在无数图片里看到过这座皇宫，但是亲眼见到还是被它的雄伟震撼到了。阿加莎忍不住拿出旅行指南快速翻阅起来。

“彼得霍夫建筑群也被称作‘俄罗斯的凡尔赛宫’，它的规模之宏大、设计之豪华壮丽，可以与法国著名的凡尔赛宫相媲美。”她大声读道，“彼得霍夫宫坐落在波罗的海岸，被一座一望无际的意式花园所环绕。”

的确如此，大片大片的草坪正在他们的面前铺展开来，笔直的林荫大道从中穿过，一直延伸到地平线。

“皇宫还远得很啊！”拉里抱怨道。原来，出租车把他们放在了一个主入口，距离中间那座豪华的宫殿还有相当长的一段路……

肯特先生环顾四周，然后大步流星地朝停在不远处的几台割草机跑去。

起初大家都不明白他要做什么，但当看到他开着一台割草机全速驶来时，阿加莎脸上露出了满意的笑容：“肯特先生，你总能带给我惊喜！”

阿加莎欣喜不已，但路过的游客则因为受到惊吓而纷纷让路，因为这台在街上风驰电掣的割草机上，载着三个头发凌乱的孩子和一个魁梧的大块头，这位大块头头上戴着礼帽，礼帽上还蹲着一只猫！

割草机上没有喇叭，不过也没关系，因为沃森的叫声堪比警笛。

来到宫殿入口的台阶前时，所有人都目瞪口呆。宫殿门口正对面，一座漂亮的中央喷泉在阳光下闪闪发光：一根根长长的水柱从巨石中喷出，环绕着一尊巨大的金色雕像，展现的是英雄参孙徒手大战雄狮的场景。没错，这就是**参孙喷泉**，全世界最美的喷泉之一。而在参孙背后，还

参孙喷泉

参孙喷泉是彼得霍夫宫花园中最具代表性的喷泉之一，其设计灵感源自《圣经》中大力士参孙的故事。喷泉中央的雕像生动地展现了参孙与狮子搏斗的场景：参孙双手奋力掰开狮子的上下颚，水流从狮子口中喷涌而出，形成高达 20 米的壮观水柱。这座喷泉不仅是彼得霍夫宫的标志性景点，更是俄罗斯园林艺术的杰出代表。

有一座宽阔的大水池，水池四周满是直冲云霄的喷泉。这还没完，再往后，还有更多的喷泉、更多的水柱……简直多到一眼看不到尽头。

“有安保人员！”肯特先生小声说。

两个身穿深色衣服的男子从台阶顶端冒了出来。很显然，这台在花园里疾驰的割草机引起了他们的注意。

“我们分头行动！”阿加莎当机立断。

这个主意相当不错。阿加莎、拉里和维克多立即跳下割草机，而肯特先生则继续开着割草机全速前进，从而引开守卫。

“我们待会儿直接在里面碰面！”他叮嘱道。

大伙飞速冲上台阶。“走这边！”维克多指着旁边一个标明了会议室地点的指示牌喊道。他们跑过一道又一道台阶，穿过一条长长的走廊，最后终于远远地看到了那座穹顶极高、金碧辉煌的大厅。

“谢谢，感谢大家！”扬声器里传来一位女士的声音，随即便是观众席爆发出的热烈掌声。

听起来是萨拉·沙利莫夫刚刚结束了她的演讲，紧接着，另一个人接过了话头："感谢萨拉的发言……请允许我再说一遍，今天有机会邀请到您，我们荣幸至极!"

掌声再次响起，比之前还要热烈。而阿加莎、拉里和维克多一分钟也不敢耽误，快步朝门口跑去。

一阵尖锐的鸣笛声后，扬声器里继续传来刚才那位主持人的声音："现在是我们的宾客发言环节……首先，应斯坦尼斯瓦夫·索罗金先生本人的要求，我们先有请他上台！欢迎圣彼得堡名校天才学院的校长!"

阿加莎咬紧牙关，和伙伴们一起冲进了大厅。他们和舞台之间隔着一排排坐满了观众的座位。大厅的尽头是一块巨大的红色幕布，幕布前是一张桌子，萨拉·沙利莫夫和手持麦克风的主持人就坐在桌前。阿加莎他们左手边是混音台，右手边则是扬声器。

"索罗金人呢?!"阿加莎一边环顾四周一边问道。

"在那儿!"拉里指着从座位穿过的一条走廊回答道。索罗金正在朝演讲台走去！等待他上台发言的间隙，观众们嘁喳交谈起来。

“校长万岁!”阿加莎突然大喊一声，同时用力地拍手鼓掌。

拉里和维克多一开始完全摸不着头脑，不过很快他们就明白了阿加莎的用意。

“索罗金，好样的!”拉里把双手放在嘴边大声喊道。

维克多也加入了捧场的队伍：“索——罗——金!索——罗——金!”

许多观众转过头微笑地看着他们——其中也包括卡洛，能再次看到自己的朋友他感到非常开心。索罗金也转过头来，脸上挂着一个虚伪且得意的笑容。然而，当看到维克托和阿加莎正快步朝他走来时，索罗金的脸色立刻变了。

“维克多?”他咬牙切齿地说，“一切都太晚了……我早就警告过你!”

“我们已经掌握了您所有罪行的证据，校长!”阿加莎一边小声说着，一边冲过去挡住了他的去路，“把东西

藏在壁炉旁边确实很精明，但是好的藏匿处也并不意味着它是无懈可击的！”

“你给我滚开！”索罗金一把把她推到了一边。接着，他又猛地一下甩开了试图抓住他胳膊的维克多，然后径直冲向舞台，从主持人手里抢下了麦克风。

萨拉·沙利莫夫简直不敢相信自己的眼睛：校长刚刚居然把她儿子摔在了地上！

她愤怒地站了起来。“这是怎么回事?!”她质问道。

“这是本就应该发生的事！”索罗金对着麦克风喊

道，“各位，我有一件重要的事情要宣布！萨拉·沙利莫夫其实……”

就在这时，扬声器突然失灵了，索罗金的声音瞬间淹没在了一片嘈杂之中。大厅里的观众倍感震惊，纷纷开始交头接耳。阿加莎回头看向混音台所在的方向……镇守在大厅尽头的拉里得意地朝阿加莎眨了眨眼，手里甩着扬声设备的电源线——原来是他把插头拔了！阿加莎满意地朝他竖起两个大拇指，接着便转过头像箭一样冲向了舞台。

但是，很显然，无论如何都来不及了。气急败坏的索罗金把麦克风摔在了地上。

“真相是不需要扬声器的！”他大声喊道，“大家听我说！”

整个大厅立刻鸦雀无声。这时，幕布后面突然传来说话声和沉重的脚步声，紧接着甚至有人大喊起来：“拦住他！快拦住他！”

说时迟那时快，肯特先生双手拉开幕布，铆足了劲狠狠扑向了索罗金，将昔日拳击手的风采展露无遗。这时候，三个追了他一路的保安也跟着冲了出来，接二连三地扑到了肯特先生身上。

“快叫警察！”其中一个保安喊道。

阿加莎此时也已经爬上了舞台。被压在一堆手和脚下面的肯特先生探出脑袋对着他的小主人笑了笑。

“您是不是希望我的亮相不要这么惊艳？”他幽默地说，双手紧紧地抓着索罗金。

阿加莎被他逗得捧腹大笑：“这个亮相好极了！重要的是阻止这个恶人……”正当大家乱作一团的时候，沃森若无其事地出现在了他们身后，愉快地欣赏着那块幕布，然后开始自顾自地用它打磨起了自己的爪子。

了解清楚事情的经过后，警察把索罗金带走了。现在还有一件重要的事情——向维克多的母亲解释这一切的来龙去脉。她现在还一头雾水呢。

“我还以为你在学校呢!”她紧紧地抱住儿子。

“您儿子勇敢极了,”阿加莎说,“有时，勇敢就是学会接受他人的帮助。如果警方介入过早的话，一定会早早地惊动索罗金。我简直不敢想象，如果给他充足的时间制订防御计划，这个恶人会做出什么事情来……”

萨拉·沙利莫夫的眼神变得阴沉起来。

“谁能想到作为校长的索罗金竟然做得出这种事?学生们的创意……”她苦涩地摇了摇头。然后，她用双手捧着维克多的脸，扬起一边眉毛，认真地问道:“不过，你当真认为你妈妈会抄袭吗?”

维克多没有说话，但是脸红到了脖子根。

“这一切都是因为你跟数学关系不够铁！我有一个主意，哦不，是两个……”

“她可是诺贝尔奖得主，”阿加莎跟拉里窃窃私语道，“名副其实的超级点子王！”

“主意之一，最好让凯蒂·古谢夫给你补补课。”萨拉说。从维克多的错愕表情来看，很显然他不确定妈妈是认真的还是在开玩笑。”

“主意之二，天才学院不应该因为这桩丑事而断送前程。一所如此珍贵的学校，应该匹配一个称职的校长。也就是……我本人！将我所获得的奖金用于培养未来的天才，难道还有比这更好的安排吗？”

这确实是个了不起的主意。

阿加莎看着维克多。“你还在这里干什么？”她摊了摊手说道，“薇拉还在等着你呢！如果需要我给你点儿建议的话……千万不要跟她聊蘑菇的事，给她一个拥抱，问问她最近怎么样！”

维克多没有推辞，立刻采取了行动。

第二天一早，阿加莎一行就要乘坐飞机返回伦敦了。不过，如果抓紧时间的话，他们倒是还来得及去看一眼著名的孔雀钟和博物馆里的其他珍品。然而，来到入口处时，拉里却突然改变了主意，他不打算陪阿加莎和肯特先生一起进去了。

“你要去哪儿啊?”阿加莎一边喊，一边看着他消失在了地平线上。

“我要去买东西！我们机场见!”拉里的声音回荡在街道上。

任务完成

拉里拖着一个巨大的豹纹行李箱出现在了登机口。

“这行李箱是你自己挑的，还是它主动扑到你身上，乞求你把它带走，因为实在没人想买它？”阿加莎讽刺地问道。

“我需要一只大箱子，而这个是最大的！”拉里嘟哝道。

阿加莎仔细打量着这只庞然大物。

“不得不承认，你真是让我大开眼界，”她说，“我敢肯定，里面装的东西会更让我惊讶。你说你要去买东西，现在看起来应该是去‘洗劫’了所有商店！我说得对吧？”

“那当然，你肯定会被里面的东西吓到的，我敢打赌……”拉里回答说。

就连送他们去机场的巴克也深感震惊。“嗯，爱好这东西吧，见仁见智。永远都是如此。”说着，他给了拉里一个拥抱。

随后，他又抱了抱阿加莎，跟肯特先生握了握手，甚至还不忘摸了摸沃森的头。

“孩子们，见到你们真是太棒了！”他高兴地说。

“真遗憾我们都没能上一节你的课……”阿加莎回答道。

巴克摸了摸她的头发：“这个嘛，我觉得你们已经非常擅长使用横向思维了。破解难题的关键，说到底就是要以不同的方式来看待问题。独辟蹊径，避开众人的视线行动，就像……就像那个横跨整个伦敦的人，他从西往东前进了二十公里，期间没有遇到任何人，也没有任何人看到他，而且是在高峰时段，街道上车水马龙……那么他是怎么做到的呢？”

阿加莎用手蹭了蹭自己的鼻子。“这是你课堂上给学生猜的谜题吧？让我来想一想……因为发生在夜里吗?”她问道。

“不对，”巴克回答，“他是在大白天穿越伦敦的。”

“他躲在了汽车后备厢里?”

巴克摇了摇头：“没有，他就是步行而已。”

肯特先生挠了挠下巴。“他乔装打扮了吗？比如……伪装成了灌木丛?”他猜测道。

巴克摇了摇手指：“完全没有。他就穿着一身普通的工作服。”

大家陷入了沉默。过了一会儿，阿加莎兴奋地举起了手：“我知道了！他是一名下水道维修工，他通过伦敦的地下通道步行穿过了整座城市，没有遇到任何人，也没有被任何人看到!”

巴克欣慰地笑了：“看到了吧？你们的问题都问得很好，通过提问一步步排除了其他可能性。最终，答案自然就浮现了出来。你们真的是一个非常优秀的团队!”

旅途虽然很长，但也很闲适。经历了这么多事情，阿加莎很高兴现在终于能安心地继续阅读她那本旧旧的圣彼得堡旅行指南了。由于之前在登台亮相时耗费了不少力气，肯特先生几乎全程都在睡觉，沃森和拉里也是一样。

抵达伦敦后，阿加莎之前的预言果然成真了：没错，行李箱里的东西着实令她大吃一惊。更准确地说，简直令她无语。

当时他们刚下摆渡车，正朝着安检口走去，阿加莎突然停下了脚步。因为远处冒出来一个熟悉的身影，是一位满头红发的女孩，她立刻认出来了那是谁……

“莱拉?!”阿加莎自言自语道，“这可真是够劲爆的！超级劲爆!”

肯特先生把手遮在额头前向前眺望，然后笃定地说：“确实是她，阿加莎小姐！红头发、小雀斑。这已经是第八次偶遇了，如果我没记错的话。对吗，拉里少爷?”

拉里没有说话。更准确地说，拉里消失了。刚才明明他还在他们身边，拉着他的巨型豹纹行李箱，现在却突然不见了踪影。

“拉里？”阿加莎一边四处张望，一边喊着堂哥的名字。

这时，一个微弱的声音从行李箱里面传了出来：“我在这里！我买这个大箱子就是为了这一天……现在拜托你把我推到出口处，不要引起别人的注意。绝对不能让她看到我！”

阿加莎简直不敢相信自己的耳朵：“所以这个行李箱是空的！你买它是因为你害怕再见到……”

“嘘！”行李箱说道，“你只管推就行！不要引起别人的注意！”

阿加莎翻了个白眼：“拉里，这是一个豹纹行李箱哎！怎么可能不引人注目?!”

尽管如此，阿加莎还是尽力照办了。她挺直了背，推着装有拉里的行李箱往前走。不幸的是，到了安检处，一个工作人员瞟了一眼那个奇怪的大箱子，要求阿加莎把它打开。

“不行！”行李箱自己抗议道。然而抗议并不奏效，此时工作人员更加坚定必须打开箱子查个究竟。

当拉里从那个超大行李箱里爬出来时，他自己尴尬得不行，工作人员的脸色也难以描述。

“你们得给我一个解释！”工作人员双臂交叉，生气地说。

“这件事说来话长……”阿加莎叹了口气，“而且也很奇怪。不过，有个可以把事情从头到尾都解释清楚的人马上就要到了！”

事实上，莱拉从远处已经目睹了这一幕，这会儿她正朝这边跑来，脸上的表情看起来既惊喜又激动。

“拉里?!”她捂着心口说道，“所以这真的是……”

“没错，确实是命运的安排！”阿加莎笑着说，“你快投降吧，堂哥！”

侦探小课堂

侦探的破案工具

案件调查是一门艺术，调查过程中也需要因地制宜地选用合适的“专业工具”。可供使用的调查工具和方法数不胜数，比如：从过去利用放大镜寻找指纹，到现代的DNA鉴定技术；从使用铅笔在笔记本上手绘嫌疑人画像，到如今的罪犯电子档案记录等。除此之外，侦探们时常需要长途奔波，因此切记选择简便的衣服和舒适的鞋子！

1. 阿加莎的破案工具

· 一本随时随地都可以记录想法和重要信息的笔记本；

· 一个馆藏丰富，随时可查阅资料的图书馆；

· 一个用于储存所收集线索的匣子；

· 一副真丝手套，避免在侦查过程中留下指纹。

2. 拉里的“眼线宝”

世界上最先进的电子设备，能够搜索到各个领域的相关信息；内含防震和适应极端天气的设计，还配有许多令人意想不到的功能，诸如将卫星移入指定轨道、搜寻浩如烟海的电子资料、启动各项科幻程序等，因此如何巧妙使用“眼线宝”是非常重要的问题。

侦探小课堂

侦探的团队合作

所有优秀的侦探都知道，“团结就是力量”这个道理同样也适用于案件调查。无论是忠诚可靠的助手、守口如瓶的线人，还是并肩侦查的同事都能在案件调查过程中提供宝贵的帮助。

但在组建侦查队伍时，也有许多需要注意的事项，比如队伍人数不宜过多。其次，队伍内应该有明确的分工，每位成员各司其职，以避免在执行任务的过程中产生不必要的分歧和争执。除此之外，自然也不能忘记合作与信任这两大必不可少的因素！

米斯特里侦查组

在侦查过程中，我们最喜爱的主角们又是如何分工的呢？

阿加莎

由于阿加莎有着惊人的直觉和记忆力（著名的“记忆匣子”），她一般负责统筹调查工作，制订行动计划以及各项行之有效的对策。

拉里

拉里具有“侦探眼”侦探学校所赋予的各项查案特权，同时他还精通各种电子装置。此外，拉里的奇思妙想总是会给阿加莎带来各种启发。

肯特先生

肯特先生是米斯特里家无所不能的管家，他主要负责后勤和日常事务，比如开车和收拾行李。但千万别忘了肯特先生曾经可是一名拳击手，时至今日他的左勾拳仍然极具威慑力。

沃森

作为一只机智的小猫，沃森负责运用猫类敏锐的感官（嗅觉、听觉和夜视能力）来探寻一切潜在的线索。

米斯特里家族成员

遍布五湖四海的米斯特里家族成员们从事着各行各业，而且每一位家族成员都是各自领域里的专家。他们熟知各自生活的地区及当地语言，在调查过程中能充当小侦探们的向导，这也是阿加莎如此重视家里那张世界地图的原因。